AF199762

Tucholsky Wagner Zola Scott Sydow Freud Schlegel
Turgenev Fonatne
Wallace
Twain Walther von der Vogelweide Fouqué Friedrich II. von Preußen
Weber Freiligrath Frey
Kant Ernst
Fechner Fichte Weiße Rose von Fallersleben Richthofen Frommel
Hölderlin
Engels Fielding Eichendorff Tacitus Dumas
Fehrs Faber Flaubert
Eliasberg Ebner Eschenbach
Feuerbach Maximilian I. von Habsburg Fock Eliot Zweig
Ewald Vergil
Goethe Elisabeth von Österreich London
Mendelssohn Balzac Shakespeare Dostojewski Ganghofer
Lichtenberg Rathenau Doyle
Trackl Stevenson Gjellerup
Mommsen Tolstoi Hambruch
Thoma Lenz Hanrieder Droste-Hülshoff
Dach Verne von Arnim Hägele Hauff Humboldt
Karrillon Reuter Rousseau Hagen Hauptmann Gautier
Garschin
Defoe Baudelaire
Damaschke Descartes Hebbel
Hegel Kussmaul Herder
Wolfram von Eschenbach Dickens Schopenhauer Rilke George
Bronner Darwin Melville Grimm Jerome Bebel
Campe Horváth Aristoteles Proust
Bismarck Vigny Barlach Voltaire Federer Herodot
Gengenbach Heine
Storm Casanova Tersteegen Gilm Grillparzer Georgy
Lessing Langbein
Chamberlain Gryphius
Brentano Lafontaine
Strachwitz Claudius Schiller Kralik Iffland Sokrates
Katharina II. von Rußland Bellamy Schilling
Gerstäcker Raabe Gibbon Tschechow
Löns Hesse Hoffmann Gogol Wilde Gleim Vulpius
Luther Heym Hofmannsthal Klee Hölty Morgenstern
Roth Heyse Klopstock Kleist Goedicke
Luxemburg Puschkin Homer Mörike
La Roche Horaz Musil
Machiavelli Kierkegaard Kraft Kraus
Navarra Aurel Musset
Nestroy Marie de France Lamprecht Kind Kirchhoff Hugo Moltke
Laotse Ipsen Liebknecht
Nietzsche Nansen
Marx Ringelnatz
von Ossietzky Lassalle Gorki Klett Leibniz
May vom Stein Lawrence Irving
Petalozzi Knigge
Platon
Sachs Pückler Michelangelo Kock Kafka
Poe Liebermann Korolenko
de Sade Praetorius Mistral Zetkin

Der Verlag tredition aus Hamburg veröffentlicht in der Reihe **TREDITION CLASSICS** Werke aus mehr als zwei Jahrtausenden. Diese waren zu einem Großteil vergriffen oder nur noch antiquarisch erhältlich.

Symbolfigur für **TREDITION CLASSICS** ist Johannes Gutenberg (1400 — 1468), der Erfinder des Buchdrucks mit Metalllettern und der Druckerpresse.

Mit der Buchreihe **TREDITION CLASSICS** verfolgt tredition das Ziel, tausende Klassiker der Weltliteratur verschiedener Sprachen wieder als gedruckte Bücher aufzulegen – und das weltweit!

Die Buchreihe dient zur Bewahrung der Literatur und Förderung der Kultur. Sie trägt so dazu bei, dass viele tausend Werke nicht in Vergessenheit geraten.

Alte Kalendergeschichten

Verschiedene Autoren

Impressum

Autor: Verschiedene Autoren
Umschlagkonzept: toepferschumann, Berlin

Verlag: tredition GmbH, Hamburg
ISBN: 978-3-8424-8804-5
Printed in Germany

Ziel der TREDITION CLASSICS ist es, tausende deutsch- und
fremdsprachige Klassiker wieder in Buchform verfügbar zu
machen. Die Werke wurden eingescannt und digitalisiert. Dadurch
können etwaige Fehler nicht komplett ausgeschlossen werden.
Unsere Kooperationspartner und wir von tredition versuchen, die
Werke bestmöglich zu bearbeiten. Sollten Sie trotzdem einen Fehler
finden, bitten wir diesen zu entschuldigen. Die Rechtschreibung der
Originalausgabe wurde unverändert übernommen. Daher können
sich hinsichtlich der Schreibweise Widersprüche zu der heutigen
Rechtschreibung ergeben.

Rudolph Becker

Im Lager des Red Jim

Eine Skizze aus Kaliforniens Pionierzeit

Wir hatten am Tage unsere Minenarbeiten beendet, so erzählte ein alter Pionier aus Kalifornien, den letzten Rest des Goldkieses aufgewaschen und das schimmernde gelbe Goldpulver in den bekannten Sack von Hirschleder getan, der zur Sicherheit in einer Ecke unseres Zeltes verscharrt wurde. Es war dies unsere letzte Arbeit in diesem Camp, denn morgen früh wollten wir aufbrechen und diese Gegend, Red Water Run, für immer verlassen. Zwar hatten wir hier gute Geschäfte gemacht, der Kies war reichhaltig und hatte uns ein kleines Vermögen in Goldstaub geliefert, aber das mühsame Leben, die beständige Wachsamkeit gegen die Utes-Indianer, die Abgeschlossenheit von der übrigen Welt hatten unsere Nerven so angestrengt, daß wir diese Gegend verlassen und unsere alten Kameraden in Poker-Camp aufsuchen wollten, bevor der Herbstregen einsetzte. Zweitausend Dollar in Goldstaub lagen im Ledersack in unserer Hütte vergraben: sie waren das Resultat von sieben Wochen harter Arbeit und bildeten für uns ein kleines Vermögen.

Das Abendessen war vorüber – ein Dutzend Mehlpfannkuchen, ein Stück getrocknetes Hirschfleisch und ein Becher Tee –, mit unseren kurzen Holzpfeifen saßen wir vor dem Eingang unserer Hütte und bliesen Rauchwolken in die kühle Abendluft, während die Sonne langsam hinter dem Gipfel der Sierra verschwand und die grauen Schatten leise und allmählich aus den Bergschluchten emporstiegen. Stille herrschte ringsumher; ruhig und still blies Tom, mein einziger Begleiter, seine Rauchwolken, ebenso still folgte ich seinem Beispiele.

Nach langer Pause nahm Tom seine Pfeife aus dem Munde und sagte: »Hast du irgend etwas Ungewöhnliches heute den Berghang herabkommen sehen, Dick, irgendwelche Anzeichen bemerkt?«

»Nein«, antwortete ich langsam. »Nicht daß ich wüßte! Was war es; ein Bär?«

»Es war kein Bär!«

»Waren es Rothäute, Utes?«

»'s waren auch keine Indianer!«

»Strolche oder Verbrecher?«

»Das stimmt! – Ich denke, es war Red Mikes Bande. Du weißt, sie lauerte der Postkutsche zwischen Winnemucca und Silver Cliff auf, und jetzt denke ich, sie sind auf dem Wege nach den Ortschaften, um ihre Beute wieder durchzubringen. Gewiß ist, daß ein Dutzend Reiter die Schlucht kreuzten, gerade unterhalb der alten Wasserleitung, und es muß seit Sonnenuntergang gestern abend geschehen sein, denn ich fand heute mittag die frischen Spuren.«

»Das ist eine schlechte Neuigkeit«, erwiderte ich bestürzt, »wenn diese Halsabschneider wissen, daß wir hier sind, würde ihnen nichts mehr Vergnügen machen, als uns einzuschließen, zu rösten und sich mit dem Goldstaub davonzumachen. Das würde ein schlechtes Ende unserer zweimonatigen Arbeit sein.«

»Du hast vollständig Recht«, erwiderte der alte Tom, indem er seine Pfeife von neuem mit Blocktabak füllte, »aber sie müssen uns erst haben, bevor sie uns niederschießen können, und müssen den Goldstaub erst finden, bevor sie ihn stehlen können. Ich glaube an beides nicht!«

»Aber, wie weißt du –«, warf ich ein, als Tom mich wieder unterbrach und sagte:

»Ich weiß nichts; das ist es ja aber; aber besser ist's, sicher zu sein. Ich schlage vor, wir brechen heute abend noch auf. Der Mond geht um 11 Uhr auf; wir beide kennen den Weg; wenn sie uns dann unterwegs begegnen, so ist's recht; begegnen sie uns aber nicht, so haben wir morgen früh einen guten Vorsprung erreicht, was meinst du dazu?«

Ich willigte natürlich gerne ein und vertraute auf Tom. Eine Stunde später waren wir reisefertig. Der Goldstaub war geteilt und in Ledergürteln auf dem bloßen Leibe aufbewahrt; Picke, Schaufel und Pfannen waren auf unseren Rücken geschnürt; die Büchse in unserer Hand, so traten wir unsere Reise an. Noch einmal blickten wir zurück auf unsere Hütte.

»Good bye, alte Hütte!« rief Tom, indem er mit seiner Büchse den letzten Abschiedsgruß der Hütte zuwinkte, »sage jedem Besucher, daß wir für den Abend ausgegangen sind und zurückkehren werden. Leb wohl!«

Unser Weg führte uns westlich, eine Zeitlang über hügeliges Land, das spärlich bewaldet und reich an kleinen Flüssen war, so daß wir wenig in unserer Reise aufgehalten wurden; als der Mond am Horizont erschien, da trafen wir auf dicht bewaldete Gebirgsschluchten, rauh und felsig, so daß wir nur langsam vorwärtsdringen konnten. Wir sprachen nicht viel, waren aber auf unserer Hut, spähten scharf nach Indianern und Strolchen und berechneten unsern Weg nach den Sternen über uns.

Die Nacht war kalt und still; das einzige Geräusch in dieser Stille machte der Sand und das Geröll unter unseren Füßen, oder hin und wieder das von weitem kommende Geheul eines Wolfes.

So waren wir ungefähr vier Stunden lang gegangen und hatten ein Dutzend Meilen zurückgelegt, als wir uns am Eingange einer engen Schlucht fanden, die wir zu passieren hatten. Es war ein unheimlicher Platz. Unwillkürlich löste ich mein Messer in der Scheide und schritt mit angehaltenem Atem in diese Schlucht, der alte Tom ging unbesorgt voran, und ich mußte folgen. Größer und größer wurde die Dunkelheit; die an beiden Seiten der Schlucht emporragenden Felsenwände näherten sich mehr und mehr und schienen sich über unseren Häuptern zu vereinigen; rauher und unpassierbarer wurde der Weg über den mit Felsstücken besäten Boden, so daß wir schließlich gezwungen wurden, auf allen Vieren von Felsblock zu Felsblock zu kriechen.

Plötzlich machte die Schlucht eine scharfe Biegung und erweiterte sich in einen lichten Talkessel, der mit schönem Rasen bewachsen war, und durch den ein kleiner Fluß strömte. Neben diesem Flusse standen und lagerten ein Dutzend Männer, anscheinend die größten Desperados, die der Erdboden trägt. Das Ganze wurde durch ein Feuer beleuchtet, das in der Mitte des Platzes brannte.

Wir stutzten, wußten wir doch, daß wir in dieselbe Falle geraten waren, der wir entgehen wollten. Wir waren in das Lager des gefürchteten Banditen Red Jim geraten!

Zum Rückzuge war's zu spät, denn wir waren bereits bemerkt worden. Zwei oder drei Banditen sprangen vom Boden auf und riefen uns mit halb erhobener Büchse »Halt!« zu.

»Wir sind gebrochene arme Miner und suchen ein Obdach«, murmelte Tom mir zu, erhob dann seine Hand und rief laut:

»Wir sind Freunde«, dann traten wir mit großer Keckheit vor, obgleich mir das Herz pochte und wurden von den Desperados umringt.

Tom klagte unser Leid; – wir seien arme Miner und ohne Geld; suchten nach den Minen-Camps jenseits des Gebirges zurückzukehren; wanderten bei Nacht aus Furcht vor den Indianern und bat schließlich um Essen und Nachtquartier.

Eine kurze Unterredung folgte. Red Jim, ein rauher sonnenverbrannter Bursche mit blutrotem Haar und Bart, richtete einige unverschämte Fragen an uns, und schließlich wurde unser Gesuch bewilligt, wenn auch nicht mit übertünchter Höflichkeit. Es wurde uns gesagt, näher zu kommen und uns selbst von den Vorräten zu helfen, die am Boden lagen. Hungrig von der beschwerlichen Reise, warteten wir keine zweite Einladung ab, übersahen auch den Mangel an Höflichkeit, wir setzten uns zu dem Proviant, aßen und waren bald im Gespräch mit den Desperados, wir suchten allen Verdacht und alle Furcht von uns abzulenken, wenn uns unser Leben lieb war.

Die Mahlzeit war nahezu vorüber: ich hatte gerade mein letztes Stück getrocknetes Rehfleisch mit einem Schluck Whisky hinuntergespült, als Red Jim abermals auf uns zutrat.

»Wie heißt ihr?« frug er.

»Mein Name ist Baldwin – Hank Baldwin«, sagte der alte Tom gefaßt, »und dessen Name ist Major Dick Smith. Er war im Roosian-Krieg und ist grün in diesem Geschäfte; ich aber bin ein alter San-Juan-Miner und arbeitete dort neun Jahre, bevor ich diese verdammte Gegend sah.«

Red Jim blickte ihm einen Augenblick scharf ins Gesicht, dann sagte er:

»Zeige mir deine linke Hand!«

Tom wurde leichenblaß, und in demselben Augenblicke bemerkte ich, wie seine Hand nach dem Revolver zuckte, doch schnell gefaßt streckte er seine linke Hand lächelnd aus und sagte: »Da ist die Patsche; das ist alles, was davon übrig ist; nur noch zwei Finger und ein Daumen; die anderen Finger wurden mir in den Schmelzwerken in Haals Gulch zerquetscht.« Red Jim untersuchte die Hand sehr genau; dann verzerrte sich sein Gesicht, und seine Augen sprühten Feuer.

»Du lügst, du Hund«, schrie er, »du warst niemals in San Juan! Diese Finger verlorst du, als du eine Anzahl Soldaten nach einem verborgenen Lager in Arizona führtest! Du verlorst diese Finger und gabst mir dieses Denkzeichen.« – Hierbei zeigte er auf eine große Narbe über die ganze Stirne. – »Ich habe dich nie vergessen und habe den Teufel diese fünf Jahre lang gebeten, er möge mir dich in den Weg führen! Bindet ihn! Es ist kein passender Baum in der Nähe; aber morgen wollen wir mit Messern nach dir werfen! Einstweilen bindet ihn!«

Im Augenblick war mein Tom an Händen und Füßen gebunden und an einen Felsblock befestigt. Er machte keine Miene zum Widerstande; es wäre nutzlos und sicherer Tod gewesen. Ich war stumm vor Schrecken.

»Red Jim«, sagte Tom mit bewegter Stimme, »du hast mich und kannst mit mir tun, was dir gefällt. Ich bin kein Weib, daß ich aus Furcht vor einem Messer weinen sollte; aber um des Himmles willen bitte ich dich, laß diesen jungen Mann gehen! Er ist ein ehrlicher Miner; ich kenne ihn nur als solchen. Er kennt mich erst seit dem letzten Herbst. Laß ihn nicht meine Schuld büßen!«

»Lügt er?« fragte Red Jim, indem er sich an mich wandte.

»Ich traf Tom Blackburn im letzten Herbste zum ersten Male«, antwortete ich. »Ich kam erst vor einem Jahre von den östlichen Staaten; kenne Tom nur als Miner und als nichts anderes, und wie er auch sagt, suchen wir neue Goldlager, haben kein Geld und wollen nach den Minen jenseits des Gebirges zurück, das ist die reine Wahrheit, soviel ich sie weiß.«

Einen Augenblick überlegte Red Jim, während ich zitterte, dann sagte er mit einem kräftigen Fluche: »Laß so sein, ich will dir Glauben schenken, denn du siehst wie ein ehrlicher Kerl aus, und die sind heute verdammt rar! Du kannst bis morgen früh mein Gast sein, und dann kannst du gehen, aber du hast allein zu gehen!«

Ich dankte so gut ich konnte und wandte mich ab. Als ich bei Tom vorüberging, flüsterte ich ihm die beiden Worte: »Paß auf!« zu.

Die Nacht brach herein. Ein Desperado nach dem anderen hüllte sich in seine Decke und legte sich zum Schlafen auf den Boden; zuletzt auch Red Jim, nachdem er eine Wache für seinen Gefangenen ernannt hatte, legte er sich neben seinem Pferde auf den steinigen Boden, den Zaum um seine Hand gewunden.

Ich war der letzte von allen, der sich legte, aber nicht um zu schlafen; ich mußte Tom retten; ihn in den Händen dieser Galgenvögel zu lassen, schien mir schlimmer als Mord zu sein. Mit wachsamem Auge und Ohr wartete ich und schmiedete Pläne.

Eine Stunde verging. Das Feuer war nahezu niedergebrannt und dem Erlöschen nahe; von dem Schnarchen und tiefen Atmen um mich wußte ich, daß alles schlief mit Ausnahme der Wache.

Dies, wenn je, war der Augenblick zur Ausführung meines Planes. Ein Erwachen heuchelnd erhob ich mich und ging langsam dem Platze zu, wo Tom gebunden lag. Bei meiner Annäherung wandte sich die Wache gegen mich und legte warnend die Hände an die Büchse. Ich lächelte und sagte mit leiser stimme:

»Schieß nicht, ich kann nicht schlafen und dachte deshalb, ich wollte mit dir ein paar Augenblicke plaudern.«

Mit einer mir unverständlichen Äußerung machte er Platz neben sich, und ich setzte mich zu ihm. Er war ein starker robuster Kerl gleich einem Herkules und verriet große Körperstärke. Seine Waffen, seine Büchse und ein Messer lagen neben ihm. Er musterte mich und verfolgte scharf meine Blicke und Bewegungen.

Eine Zeitlang sprach ich von der Gegend, dem Wilde und von den Minenaussichten und anderen Sachen, erhielt aber nur kurze Antworten. Dann lenkte ich vorsichtig das Gespräch auf Tom und sondierte, ob ein Beftechungsversuch möglich sei.

Er schien jetzt meinen Reden mehr Aufmerksamkeit zu schenken, und als ich schließlich zum Hauptpunkte kam und ihn frug, ob er Tom für Geld freigeben würde, antwortete er: »Ja!«

»Wieviel verlangst du?« fragte ich. »Sprich schnell! Wir müssen ebenfalls Pferde haben!«

»Wieviel hast du denn, du Grünhorn?« antwortete er. »Aber das macht nichts, ich will dein Gold zur Sicherheit aufbewahren und dich morgen früh dem Kapitän überliefern.«

In demselben Augenblick legte er seinen Arm mit eiserner Gewalt um mich, und ich wurde zu Boden gerissen, war ich auch bedeutend schwächer als mein Gegner, so war ich doch kein Rind und machte verzweifelten Widerstand; doch er war mir viel zu überlegen, und zuletzt lag ich atemlos vor ihm. Eine seiner Hände packte meine Gurgel, die andere ergriff das lange Messer, während Mord aus seinen Augen sprühte. Für einen Augenblick sahen wir uns beide erschöpft in die Augen, dann bog er sich über mich und fragte mit gedämpfter Stimme: »Wo hast du dein Gold? Sag's oder ich bringe dich um!« Ich fühlte, daß seine Hand sich etwas von der Gurgel löste, er schlug nach einem Gegenstande auf dem Boden, indem er einen schrecklichen Fluch ausstieß; ich sah das Messer in seiner Hand aufblitzen; hörte dann ein scharfes Klappern, wie es den Klapperschlangen eigen ist, und ich fühlte wie eine Klapperschlange über meine Hand lief.

Es war mir klar, mein Gegner war von einer Klapperschlange gebissen, die wir durch unser Geräusch aus ihrem Versteck gejagt hatten. Er atmete schwer und wurde leichenblaß. »Whisky«, rief er, »ich muß Whisky haben oder ich sterbe!«

Er versuchte sich zu erheben, doch mit aller Gewalt hielt ich ihn fest und umschlang ihn. Konnte ich ihn nur so lange halten bis das Gift zu wirken begann, so waren Tom und ich gerettet.

Ein Kampf auf Leben und Tod begann; ich war der Kaltblütigere.

Das Messer meines Gegners war zerbrochen, und so konnten wir nur mit den Händen kämpfen. Ich riß ihn wieder und wieder zu Boden bis ich an seinen zitternden Muskeln und den hervortretenden Augen bemerkte, daß das Gift zu wirken begann. Mit Anstrengung aller meiner Kräfte warf ich ihn dann zu Boden, knebelte und band ihn mit seiner eigenen Schärpe und - ich war frei.

Ich kroch zu Tom. Wenige Schritte genügten, um ihn ebenfalls frei zu machen. Er war stummer Zeuge des Kampfes gewesen; hatte die Klapperschlange bemerkt und wußte alles. Als er sich erhob, ergriff er meine Hand und drückte sie. Dann, ohne ein Wort zu sagen, zeigte er auf einen Steinhaufen unweit des Platzes wo der gebundene Wächter lag.

Ich wendete mich dahin und sah aus jeder Ritze und aus jeder Felsspalte Dutzende von Klapperschlangen hervorkriechen und sich über das Tal verbreiten.

Tom lehnte sich zu mir und flüsterte: »Euer Kampf hat sie aufgescheucht, sie werden jeden Mann hier umbringen, wir befinden uns hier in dem sogenannten Klapperschlangental, von dem so viel erzählt wird.

Dann nahm er meinen Arm und führte mich schnell durch den Talkessel, nach dem Platze, wo die Pferde standen, wir schwangen uns jeder auf ein Pferd, ritten vorsichtig aus dem Tale und galoppierten dann davon, wir waren frei.

Red Jim wurde seitdem nicht mehr gesehen. Einige Jahre später wurde nach Red Water Run der Bericht gebracht, daß in einem einsamen Tale, westlich von dort, die Skelette von zwölf Personen gefunden seien. Man habe noch weiter nachsuchen wollen, doch seien so viele Klapperschlangen in dem Tale gewesen, daß man zur eigenen Sicherheit weitere Nachforschungen aufgab.

L. v. Alvensleben

Dreizehn

Novelle

In einem Tale der Ardennen, einer freundlichen Oase dieser traurigen Bergkette, von der Natur so stiefmütterlich behandelt, erhebt sich der Felskegel, der sich auf der einen Seite steil hinabsenkt, während er sich auf der andern allmählich und stufenweise senkt, ähnlich einer von der Hand Gottes gebildeten Riesentreppe. Den Fuß dieses Felskegels umspült auf drei Seiten ein kleiner Bergfluß, kristallhell in seinem Kieselbette hinmurmelnd. Die abschüssige Seite bekleiden die Häuser des ärmlichen Städtchens Bouillon, dessen Bewohner sich in früheren Zeiten, Schutz suchend, unter dem stattlichen Schlosse angesiedelt zu haben scheinen, welches den Gipfel des Felsens krönt, von wo es stolz auf das niedere Tal herabschaut.

Die menschenleere Stille, welche sonst auf den Straßen des Städtchens zu herrschen pflegte, war seit kurzer Zeit einem kriegerischen Lärmen gewichen. Doch nicht eisenbekleidete Streiter, wie in den Zeiten, als die kreuzgeschmückten Glaubenskämpfer sich hier um das Banner des tapferen Gottfrieds sammelten, waren es, die Leben und Bewegung in öde Umgebung brachten, sondern die zierlichen Gestalten unseres modernen Soldatentums. Es war das denkwürdige Jahr 1815.

Napoleon hatte bei Bellealliance das kühne Spiel der eisernen Kriegswürfel verloren, und während über das Schicksal Frankreichs von den Diplomaten debattiert wurde, setzten die Krieger beider Heere den Kampf noch hier und dort als Belagerungsspiel fort, denn kaum war es etwas anderes, als ein Spiel zu nennen, welches Belagerte und Belagerer der verschiedenen festen Plätze miteinander führten,

deren Kommandanten es aus persönlicher Anhänglichkeit an den gestürzten Riesen verweigerten, die ihnen anvertrauten Festen in die Hände der siegreichen Feinde zu übergeben.

Dieses Schattenspiel eines Krieges wurde nun auch in Bouillon geführt, obgleich es die Bezeichnung eines«festen Platzes« kaum noch verdiente, denn von einem benachbarten Bergrücken, den auf der steilen Seite des beschriebenen Felskegels nur eine schmale Schlucht von dem Schlosse trennte, wurde dieses samt dem darunterliegenden Städtchen so beherrscht, daß die leichtesten Feldgeschütze hingereicht haben würden, Schloß und Städtchen binnen wenigen Stunden in Schutt und Asche zu verwandeln.

Unfähig daher, eine Belagerung auszuhalten, hatte Bouillon, dessen Besatzung verhältnismäßig ziemlich stark war, und dessen Kommandant zu den treuesten Anhängern des gefallenen Kaisers gehörte, den Schein kriegerischer Verteidigung angenommen. Die Aufforderung zur Übergabe war abgelehnt worden. Posten standen auf allen Wällen, Patrouillen gingen; es herrschte die ganze Strenge des Festungskriegsdienstes, und dennoch war alles eben nichts weiter als ein Spiel, denn zwischen den beiden feindlichen Befehlshabern schien dort ein stillschweigender Waffenstillstand zu herrschen. Es wurde an eigentliche Feindseligkeiten nicht gedacht, und jedes einzelne Menschenleben schien im Werte gestiegen zu sein. Fiel aber ja einmal hier oder dort ein Schuß, dann hatte Neckerei ihn entweder abgefeuert oder veranlaßt, oder er galt mehr einer Warnung als einer ernsten Absicht.

In einer Schenke, am Fuße des Berges und am Ufer der Bouillon gelegen, herrschte lautes, lustiges Treiben. Es war dies der gewöhnliche Sammelplatz eines Teiles der Soldaten, welche hier den geringen Sold, oder die Sparpfennige aus früheren besseren Tagen vertranken, ohne sich um den morgigen Tag zu kümmern, wie dies so allgemeiner Soldatenbrauch aller Zeiten und aller Länder ist. Vom Morgen bis zum Abend wurde die Trinkstube nur selten leer von Zechern, und auch jetzt hatte sich ein solcher Kreis um einen Tisch festgesetzt, obgleich es kaum 10 Uhr morgens sein mochte. Wie gewöhnlich drehte sich das Gespräch um Liebschaften und um Kriegsabenteuer, um Heldentaten auf dem Gebiete der Venus oder des Mars, und jeder einzelne hatte so viel zur allgemeinen Unterhaltung aus den eigenen Lebenserfahrungen beizutragen, daß das Gespräch nie stockte.

Dennoch wurde es plötzlich unterbrochen, und es entstand eine kurze allgemeine Stille, veranlaßt durch das Eintreten eines graubärtigen, sonnenverbrannten und narbenbedeckten Kriegers, den mehrere Chevrons als einen »Alten« bezeichneten. Doch auf eine kurze Stille folgte schnell eine allgemeine jubelnde Begrüßung des Veteranen, und unter dem Zurufe:»Hierher, Vater Lefranc! zu uns, Papa!« rückten die Zecher zusammen, ihm den Ehrenplatz des Präsidenten an ihrem Tische einzuräumen.

Schon wollte er den Platz einnehmen, als er die Gesellschaft mit einem flüchtigen Blicke überzählte, mit finsterer Miene zurücktrat und sich dann ganz allein an den nächsten Tisch setzte, indem er sagte:

»Es tut mir leid, Kinder, aber ich wäre der Dreizehnte, und ihr wißt, das geht gegen meine Grundsätze.«

»Oder gegen seinen Aberglauben«, brummte einer der Zecher, der dem Sergeanten nicht sonderlich gewogen zu sein schien, in den Bart.

Der alte Lefranc hatte es dennoch gehört; allein ohne darüber aufgebracht zu sein, sagte er ruhig:

»Oder gegen meinen Aberglauben; richtig Kamerad! Nenne es, wie du willst; meinen Entschluß wirst du dadurch nicht ändern.«

»Auch nicht, wenn ich es Furcht nenne, Angst vor dem Tode, die Euch abhält, der Dreizehnte an einem Tische zu sein?« rief der andere höhnisch.

»Auch dann nicht«, erwiderte der Alte gelassen, obgleich dunkle Röte sein Gesicht bis zur Stirn färbte; »denn wenn du das auch sagst – glauben wird es dir deshalb doch kein Mensch, der den alten Lefranc kennt!«

Damit schien der Streit beendet, denn der Soldat, der den allgemein geachteten und geliebten Veteranen nicht noch mehr beleidigen wollte, schwieg, und auch der greise Lefranc sagte kein Wort weiter, obgleich man an der Hast, mit welcher er den Wein hinuntergoß, sowie an seiner mürrischen Miene, deutlich gewahren konnte, daß ihn die Sache im Grunde doch wurmte, wenn er es sich auch nicht merken lassen mochte.

Der andere, den seine Kameraden Colson nannten, hatte indes die Absicht der Neckerei gegen den Sergeanten noch keineswegs aufgegeben.

Das zeigte sich, als bald darauf die Marketenderin seines Bataillons hereintrat, um einige Flaschen füllen zu lassen; denn während der Wirt ihrem Begehren nachkam, rief Colson die Marketenderin zu sich und sagte:

»Marion, fürchtest du dich, zu Dreizehn an einem Tische zu sitzen?«

»Warum nicht gar!« sagte das Weib lachend. »Wieviel daran sitzen, das kümmert mich nicht, wenn nur etwas Gutes darauf steht!«

»So würdest du wohl ein paar Schluck von deiner eigenen Sorte nicht verschmähen, obgleich du hier an dem Tische die Dreizehnte wärest, wenn du dich zu uns setztest?« fragte der 5oldat, indem er zugleich an seiner Seite Platz machte und der Marketenderin sein Glas reichte.

»Keineswegs, mein Junge!« erwiderte die Gefragte und nahm auf dem ihr angebotenen Sitze Platz.

»Colson«, sagte hierauf der alte Lefranc, »ich sehe, daß du darauf ausgehst, mich zu beleidigen, und das soll dir nicht geschenkt sein; aber du weißt, daß ich mich vor dem Feinde nie mit einem Kameraden schlage, also muß ich schon noch warten, bis ich dich vor die Klinge nehme.«

»Vor dem Feinde?« stotterte Colson. »Nennt Ihr das hier – vor dem Feinde stehen? Die Kerle haben ja für uns keine Kugeln, wie wir nicht für sie!«

»Mit Federn laden sie nicht«, erwiderte der Sergeant mürrisch, »und wer weiß, ob nicht eben jetzt für dich dort drüben eine Kugel in das Rohr geladen wird!«

»Etwa weil ich hier zu Dreizehn am Tische sitze?« lachte der Soldat. »Papa Lefranc, Ihr macht Euch mit Eurem Aberglauben wirklich zuweilen lächerlich!«

»So sprach schon mancher, der über meine heilige Scheu vor der unheimlichen Zahl spottete«, sagte der Alte finster. »Doch gar oft ereilte den Spötter sein Schicksal schneller, als er es gedacht hatte, und es bestätigte sich so das, was du Aberglauben nennst. Aber wo dreizehn an einem Tische sitzen, da fehlt es selten an einem Judas Ischariot, und wo ein solcher mit uns ißt, da geht gar leicht ein Menschenleben verloren. Ich wünsche dir nichts Böses, Colson, aber ich sage dir nochmals: Wer weiß, wie bald dich das Schicksal ereilt, das du jetzt verspottest! Nicht Aberglaube läßt mich so sprechen, sondern vielfache traurige Erfahrung. Auch ich habe früher oft zu Dreizehn an einem Tische gesessen und es mir wohlschmccken lassen; auch ich habe früher über die Scheu vor dieser Tischgenossenzahl gelacht oder wohl gar gespottet wie du jetzt; aber seitdem ich auf diese Weise einen meiner ältesten und treuesten Freunde verlor, ist keine Macht der Erde imstande, mich einen Platz an einem Tische einnehmen zu lassen, an dem außer mir noch Zwölfe sitzen. Übrigens kann es jeder halten, wie er will; er tut das auf Gefahr seines Lebens!« Nachdem der greise Krieger diese Worte zuletzt beinahe mit Rührung gesprochen hatte, zahlte er seine Zeche und verließ das Haus.

»Er ist ein alter Narr mit seinen Dreizehn!« rief Colson, sobald der Sergeant sich entfernt hatte.

Die meisten anderen aber tadelten sein Betragen gegen den alten würdigen Veteranen. Nur zwei traten auf seine Seite, und es wurde nun über dieses alte bekannte und schon tausendmal abgehandelte Thema hin und her gestritten, bis der Dienst die Soldaten von dem Trinkgelage abrief.

Mehrere derselben, und unter ihnen auch Colson, mußten noch an eben dem Tage die Wache beziehen.

Auf der Fläche des nächsten Berges, dem Schlosse Bouillon gerade gegenüber, war ein improvisiertes Dorf entstanden, das durch seine schnurgeraden Häuserreihen, durch das freundliche Grün, welches die Außenwände dieser Wohnungen des augenblicklichen Bedürfnisses schmückte, einen eigentümlich heiteren und gefälligen Anblick gewährte. Zwar waren die Hütten - wenn man ihnen den Ehrentitel »Häuser« nicht geben wollte – nur aus rohen unbehauenen Stämmen und Ästen, wie der nahe Wald sie geliefert, und aus übereinandergelegten Rasenstücken aufgeführt und zusammengesetzt; aber die flachen und nach einer Seite geneigten Dächer verliehen ihnen gänzlich den Charakter italienischer Bauart.

Der frisch ausgewachsene Rasen der Wände hatte diese mit einem saftigen, dem Auge wohltuenden Grün überzogen, und selbst Türen und Fenster fehlten nicht, wogegen der Mangel dieser notwendigen Wohnungsbestandteile freilich in den Bauernhäusern der benachbarten beiden Dörfer um so bemerklicher war und damit die Quelle dieses Schmucks des Rasendorfes verriet.

In diesem Soldatendorfe, das nach seiner Ausdehnung und seiner Einwohnerzahl den Namen einer Stadt vielleicht eher verdient hätte als der verfallene Ort, der den stolzen Namen des ersten Königs von Jerusalem trug, lag der größte Teil des Belagerungsheeres, d. h. etwa sechs bis acht Kompanien deutscher Bundestruppen, die sich hier so bequem als möglich eingerichtet hatten. Und wahrlich – komfortabler als diese Belagerung wurde schwerlich je eine andere geführt, solange die Analen der Kriegsgeschichte von Belagerungen zu erzählen wissen.

Von diesem Hauptquartier aus zog sich die Postenkette rings um den Bergkessel, in dessen Mitte der Felskegel aufstieg, dessen Gipfel das altertümliche Schloß krönte, und nichts, was in dem Tale vorging, konnte der Beobachtung dieser Posten entgehen. Ja selbst die meisten Straßen des Städtchens lagen offen vor dem Blicke der Schildwachen da, die hier und dort am Rande der Bergkuppen aufgestellt waren, an einzelnen Stellen den französischen Posten so nahe gegenüber, daß beide sich bequem mit der Stimme erreichen konnten.

Beinahe zu eben der Zeit, in welcher unten in der Schänke zu Bouillon die französischen Soldaten bei dem Glase den streit über den Aberglauben wegen der Dreizehn ausfochten, hatte sich auch in einem Marketendergasthause des Lagers eine Anzahl deutscher Krieger eingefunden, den in Soldatenkehlen nie versiegenden Durst zu stillen.

Besonders eifrig zeigte sich in diesem Geschäft eine Abteilung soeben eingerückter Truppen. Es waren dies Waldecker Jäger, der einzige Bestandteil des kleinen Bundeskontingents, welches das wald- und jagdreiche Fürstentum stellt, und diese Jägerabteilung stand, ihrer geringen Anzahl ungeachtet, bei dem ganzen Truppenkorps in hoher Achtung, denn die Waldecker, sämtlich gelernte Jäger, genossen mit Recht den Ruhm, ausgezeichnete Schützen zu sein. In der Tat war auch jeder Feind verloren, den sie mit gehöriger Ruhe und in sicherer Entfernung auf das Korn nahmen.

Außerdem hatten einzelne aus diesem kleinen Korps bei der Belagerung von Metz, von der diese Abteilung eben kam, Beweise seltenen Mutes gegeben. Mit den Zeichen der Achtung und lauten Freude waren daher die Jäger von den Kameraden des Lagerdorfes empfangen worden.

Noch saßen sie nicht lange hinter dem Glase, als ein hessischer Infanterist mit allen Zeichen des Unmutes auf der finster gefurchten Stirn in das Gastzimmer trat, sich auf einen leeren Platz an den Tisch der Jäger warf und ohne diese oder einen der anwesenden Bekannten zu grüßen, mit barscher Stimme ein Glas Schnaps verlangte.

»Na, was hat denn dir die Petersilie verhagelt?« fragte ein Soldat von seiner Kompanie; »machst du doch ein Gesicht, wie sieben Meilen böser Weg!«

»Ja, da soll der Teufel nicht ärgerlich werden«, antwortete der Gefragte. »Aber mich soll auch kein Mensch wieder auf den Posten am roten Steine bringen. Muß man sich da immer von den verfluchten Franzmännern auf dem Schloßwalle zum Narren haben lassen, und wenn man es versucht, ihnen für ihre Possen oder Hohn eins auszuwischen, so reicht unser elender Kuhfuß nicht bis hinüber, und sie lachen uns nur noch aus, daß wir unser Pulver so unnütz verknallen.«

»Ja, du hast schon recht, Krautinger«, sagte der andere Hesse. »Das ist wirklich ein ganz verwünschter Posten; ich habe neulich eine doppelte Ladung genommen, um dem Kerl gegenüber meinen Gruß auf die unverschämte Zunge zu schicken, die er mir lang herausstreckte. Ja, hinüber gereicht hat meine Kugel freilich, aber getroffen habe ich ihn doch nicht.«

»Das kommt daher«, antwortete Krautinger, »weil unsere Musketen nicht einen 5chuß Pulver wert sind; deshalb nutzt es auch nichts, wenn man zweie nimmt.«

»Was ist denn das für eine Geschichte mit den Neckereien der Franzosen?« fragte einer der Waldecker Jäger, aufmerksam gemacht durch das Gespräch der beiden Hessen.

»Ei«, entgegnete Krautinger, »da auf der äußersten Spitze von dem alten Rattennest stehen unsere Posten den französischen so nahe gegenüber, daß man glauben sollte, sie könnten sich mit einem Steine einander tot werfen. Aber es sieht nur so nahe aus, denn unsere Kuhfüße tragen nicht so weit, während die Franzosen, die bessere Gewehre haben als wir, auf diesem Posten schon drei von unseren Leuten verwundeten, wir müssen uns deshalb immer hinter einem großen roten Felsblocke, der da liegt, verborgen halten wie die feigen Memmen, wenn wir uns nicht ganz unnütz wollen zusammenschießen lassen. Die Franzosen aber spazieren auf dem Schloßwalle ganz offen umher und tun uns fortwährend allerhand Possen an, die wir uns wegen unserer schlechten Gewehre gefallen lassen müssen. Aber, wie gesagt, mich bringt keiner wieder auf den Posten am roten Stein; lieber laß ich mich in Arrest sperren.«

»Na wart, den Possenreißern wollen wir ihre Faxen schon vertreiben«, sagte der Waldecker, »denn wenn die Entfernung wirklich so gering ist, wie Ihr sagt, Kamerad, so stehe ich Euch dafür, daß ich mit meiner guten Kugelbüchse den ersten Franzosen, der mir auf diesem Posten zu Gesicht kommt, herunter blase.«

»Wirklich?« fragte Krautinger. »Na, dann solltet Ihr uns und Euch das Vergnügen sogleich machen, denn der rote Stein ist kaum ein paar hundert Schritte von hier entfernt, und um so einen Probeschuß zu tun, braucht Ihr nicht erst zu warten, bis Ihr auf den Posten kommandiert werdet.«

»Da habt Ihr Recht, Kamerad«, sagte der Jäger, »und ich bin es gern zufrieden, Euern Vorschlag zu erfüllen.«

Zugleich leerte er aufstehend sein Glas, nahm seine Büchse aus der Ecke und fragte die anderen Jäger: »Kommt Ihr nicht mit?«

»Du wirst uns nicht brauchen«, sagten die meisten. Zwei aber von den Waldeckern nahmen ebenfalls ihre Büchsen, um ihren Kameraden zu begleiten, und die meisten anwesenden Soldaten, besonders Krautinger und der zweite Hesse, der sich über sein schlechtes Gewehr beklagt hatte, schlossen sich dem Zuge an, welcher wenige Minuten darauf in der Nähe des roten Steines anlangte und hinter dem Waldecker, der den Probeschuß verheißen hatte, an der Seite der dort aufgestellten Schildwache Posto faßten.

Keuchend stieg der alte Lefranc den Schloßberg zu der Burg Bouillon hinan, die dortige Wache mit der von ihm befehligten Mannschaft abzulösen, unter welcher sich auch Colson und die meisten der Spötter über den Aberglauben wegen der dreizehn Tischgenossen befanden.

Die Wache wurde abgelöst. Die neuen Posten, Colson mit Nr.1 dem roten Steine gegenüber, aufgeführt, und der Sergeant setzte sich in dem finsteren Wachtzimmer an den Tisch, den Kopf nachdenkend in die Hände gestützt, denn noch immer war er verstimmt durch den Auftritt an diesem Morgen und wie von einer schlimmen Ahnung ergriffen.

Erst wenige Minuten saß er so, da trat der Gefreite, welcher die Posten aufgeführt hatte, hastig in das Wachzimmer, leichenblaß und rapportierte mit zitternder Stimme:

»Herr Sergeant, der Posten Nr. 2 muß sogleich an der Burgspitze aufziehen, denn Nr. 1 ist soeben erschossen worden.«

»Colson?« rief der Sergeant aufspringend.

»Ja, Colson!« antwortete der Gefreite noch immer mit zitternder Stimme, denn auch er war an diesem Morgen Zeuge des Streits über die Dreizehn gewesen, und was unter anderen Umständen als ein ganz gewöhnliches Kriegsereignis kaum einigen Eindruck auf ihn gemacht haben würde, das hatte ihn durch die ebenso schnelle als blutige Erfüllung der finsteren Prophezeiung des alten Sergeanten gewaltig erschüttert, und er konnte sich einer gewissen inneren Angst nicht erwehren, denn er hatte mit unter den Dreizehn gesessen, wenn auch nicht zu den Spöttern gehört.

»Der Dreizehnte!« murmelte der Wachtkommandant, einen Seufzer unterdrückend, in den Bart. Dann aber sagte er, schnell zu den Pflichten des Dienstes zurückkehrend: »Führe den Posten Nr. 2 auf, dann aber komm und erzähle mir, wie das so rasch gegangen ist.«

Raum hatte der Sergeant einen Mann mit dem Rapport des vorgefallenen nach der Hauptwache geschickt und um Ersatz für den Toten gebeten, als der Gefreite eintrat, auf die Einladung des Sergeanten ihm gegenüber am Tisch Platz nahm, und dann, während die ganze Mannschaft nähertrat, um ebenfalls zuzuhören, seine Erzählung begann: »Als ich Colson auf seinen Kosten geführt hatte, sagte dieser lachend: Jetzt muß ich vor allen Dingen denen da drüben meinen Morgengruß abstatten! – Mit diesen Worten stieg er, meiner Warnung ungeachtet, auf den Wall, zeigte dem Feinde die verkehrte Front und hob den Schoß seiner Uniform auf. Kaum aber hatte er dies getan, da knallte drüben ein Schuß, Colson stieß einen Schrei aus und stürzte auf der äußeren Seite den Wall hinab. Er kann sich nicht lange gequält haben«, fügte der Erzähler mit echt französischem Humor hinzu, »denn als wir uns über die Brustwehr bogen, zu erfahren, was aus ihm geworden sei, sahen wir, wie er von einer vorspringenden Felsspitze auf die andere hinabstürzte, so daß er, ganz zerschmettert, nur stückweise unten in dem Tale anlangte.«

»Ja, ja, die Dreizehn!« murmelte der Sergeant halblaut vor sich hin. »Sie kosteten mich meine beiden besten, teuersten Freunde! – werdet ihr nun noch über meinen Aberglauben spotten?« wendete er sich hierauf zu der umstehenden Mannschaft.

Die Soldaten aber schüttelten schweigend den Kopf, denn das Erlebte hatte einen tiefen Eindruck auf sie gemacht, und für heute schien jede Äußerung lauter Fröhlichkeit, die sonst auf Wachstuben und besonders auf französischen so häufig ist, verbannt zu sein.

Während tiefe Niedergeschlagenheit und eine Art heiliger Scheu bei den Franzosen in dem Schlosse Bouillon herrschte, war drüben unter den Bundestruppen bei dem roten Steine lautes Jubelgeschrei hörbar.

»Bravo! Das nenne ich als Mann sein Wort halten!« rief Krautinger freudig aus, wie der Waldecker den frechen Schimpf Colsons mit der Todeskugel bestraft hatte. »Ja, Sapperment, so eine Büchse lasse ich mir gefallen. Aber ich glaube, den Meisterschuß macht Euch nicht leicht einer von Euern Kameraden nach, so gut ihre Büchsen auch immer sein mögen.«

»Oh, was das betrifft«, sagte der erste der als Zuschauer mitgegangenen Waldecker, »was das betrifft, so verspreche ich Euch, den nächsten Naseweis, der es da drüben wagt, sich sehen zu lassen, ebenso herunterzuputzen, wie mein Freund Buschberg den ersten. Aber es scheint, als hätten die Kerle die Courage zu ihren Neckereien verloren.«

»Es kann noch kein neuer Posten aufgezogen sein«, sagte Krautinger. »Hernach wollen wir sehen.«

»Da kommt der neue Posten!« rief der dritte Jäger. In der Tat sah man die Bajonette über den Wall herüberblitzen; aber es schien wirklich, als sei nach dem abschreckenden Beispiel den Franzosen der Mut vergangen, denn es verflossen einige Minuten und noch immer zeigte sich nur die Bajonettspitze, nicht aber der Mann, dem sie gehörte.

Schon wollten die bei dem roten Steine zu dem Lagerdorfe zurückkehren, da rief Krautinger freudig aus: »Jetzt wird er sich gleich zeigen!«

Wirklich erschien unmittelbar nach diesem Ausrufe die französische Schildwache auf dem Walle; aber sie schritt diesmal ohne irgendeine der sonst immer üblichen Neckereien auf und nieder, gleichsam als wolle sie nur zeigen, daß der Tod des Kameraden sie nicht abgeschreckt habe.

Mehr aber wagte der Soldat auch nicht, denn es war einer von denen, welche nächst Colson den alten Sergeanten am ärgsten verspottet hatten. Colsons Tod verfehlte daher auch auf ihn eines tiefen Eindruckes nicht, und erst nach einem ziemlich heftigen inneren Kampfe war er zu dem Entschlusse gekommen, seinen Mut durch den Gang auf dem Walle zu zeigen. Zu einer Äußerung des Hohnes oder nur zu einer Gebärde der Neckerei hätte er sich aber um keinen Preis entschließen können.

Doch auch ohne dieses sollte der Unglückliche seinem Schicksal nicht entrinnen, denn noch hatte er die zweite Tour auf dem Walle nicht beendet, da knallte des zweiten Waldeckers Büchse, und der Posten stürzte auf den Tod getroffen die innere Wallseite hinab.

»Vivat, die Waldecker Schützen!« schrie mit unmenschlicher Freude Krautinger, und die anderen stimmten jubelnd ein.

»Jetzt werden sie uns wohl mit ihren Verspottungen in Ruhe lassen«, riefen sie.

»Wer weiß, besetzen sie nach der heutigen Erfahrung überhaupt noch den Posten? Wenigstens werden sie gewiß nicht wagen, mehr von sich sehen zu lassen als höchstens die Nasenspitze!« jubelte Krautinger.

»Mir die Nasenspitze!« sagte lachend der dritte bis jetzt noch nicht zum Schusse gekommene Waldecker. »Ich verlange nicht mehr, um meinen Mann zu holen.«

»Hoho, nur keine Prahlerei, Kamerad«, sagte Krautinger. »Seid Ihr vielleicht ein Verwandter des verstorbenen Herrn von Münchhausen, daß Ihr Euch rühmt, die beiden Meisterschüsse Eurer Kameraden noch übertreffen zu können?«

»Nein, nein, das ist keine Aufschneiderei«, versicherten die beiden anderen Waldecker. »Beilschmidt ist der beste Schütze in unserer ganzen Kompanie, und wenn da drüben ein Franzose seine Nasenspitze nur so lange zeigt, als nötig ist, um mit Ruhe zielen zu können, so ist er verloren.«

»Das wäre der Teufel«, sagte einer der Hessen; »aber der Meister wird seine Kunst wahrscheinlich bald zeigen können, denn wenn ich nicht irre, so wird da drüben eben schon wieder ein neuer Posten aufgeführt, und wenn ich auch nicht glaube, daß er jetzt noch Lust zu dem Spaziergange oben auf dem Walle hat, so bin ich doch überzeugt, daß die Neugier ihn treiben wird, durch die Schießscharte herüber zu schielen, um zu erfahren, was für Teufel von Scharfschützen es denn eigentlich sind, welche hier so plötzlich den Posten bezogen haben.«

Der Soldat hatte richtig vermutet.

Wirklich sah man an der Hinundherbewegung der Bajonettspitzen sowie an dem Zurückbleiben einer einzigen, daß wieder ein neuer Posten aufgeführt worden war, und wenn dieser auch keine Lust zu verspüren schien, den Wall, wie es sonst immer zu geschehen pflegte, zu besteigen, so währte es doch in der Tat nicht lange, bis seine Neugierde ihn trieb, durch die verhängnisvolle Schießscharte nach dem roten Steine hinüberzublicken.

Dies währte kaum eine halbe Minute, aber doch gerade lange genug, um Beilschmidts nie fehlender Kugel zum sichersten Zielpunkte zu dienen, und mitten in die Stirn getroffen stürzte er zusammen.

Dies war der dritte von denen, die den greisen Lefranc verspottet hatten, aber zugleich auch der letzte, den das Todeslos ereilte; denn noch an demselben Nachmittage wurde infolge dieses ganz nutz- und zwecklosen Todes dreier Menschen auf den Antrag des Festungskommandanten auf beiden Seiten der Befehl erteilt, keinen Schuß mehr zu tun, da wegen der Übergabe verhandelt wurde. Zwei Tage später erfolgte diese unter allen Kriegsehren für die abziehende Garnison.

Unbekannter Verfasser

Der treue Pudel

Einige Tage vor dem Sturze des schrecklichen Robespierre verurteilte das Revolutionstribunal in einer Provinz einen alten, ehrwürdigen, ehemaligen Beamten. Als man ihn ins Gefängnis brachte, war seine ganze Familie vom Schreckenssystem schon zerstreut und ihm mit seinen Freunden aller Umgang abgeschnitten worden. Doch einer blieb ihm, dem man nachzufolgen nicht wehren konnte: es war ein zwölf Jahre alter Pudel, der fast nie von seiner Seite gekommen und auch in dem Augenblicke bei ihm war, als er festgenommen wurde. Daß man ihn nicht ins Gefängnis mit einließ, schreckte ihn nicht zurück. Er flüchtete sich in ein benachbartes Haus und kam alle Tage an die Tür des Kerkers, immer jedoch gehindert hineinzugelangen. Den Gefängniswärter rührte endlich doch solche unwandelbare Treue, er gestattete dem guten Tier den Einlaß. Grenzenlos war die Freude, als er seinen Herrn sah, es kostete Mühe, sie wieder zu trennen. Aber der ehrliche Kerkermeister fürchtete für sich selbst und nahm den Hund weg, der nun wieder seinen bisherigen Zufluchtsort aufsuchte. Am nächsten Morgen war er aufs neue da, wiederholte seinen Besuch einige Wochen lang, erhielt alle Tage den Zutritt regelmäßig einmal, leckte dann die Hand seines Herrn und schied, sobald ihn der Gefängniswärter rief, weil er nun die Gewißheit hatte, wieder eingelassen zu werden.

Als der Tag der Eröffnung des Urteils da war, drängte sich der Hund durch eine zahllose Menschenmenge in den Gerichtssaal und kroch zwischen die Beine seines unglücklichen Herrn. Das Urteil wurde gefällt und dieser ins Gefängnis zurückgebracht.

Den Hund hinderte man, ihm nachzulaufen, aber er wich nun die ganze Nacht nicht von der Tür. Die Stunde zur Hinrichtung erscheint, das Gefängnis geht auf, der Greis tritt heraus, und an der Schwelle bewillkommt ihn der Hund, unerschrocken an ihm emporspringend. »Ach, diese Hand wird dir nie wieder den Kopf streicheln, armes Tier!« ruft der Verurteilte aus.

Das Beil fällt, tot ist der Arme, doch der treue Begleiter will nicht von dem Leichnam lassen. Er umkreist ihn, er legt sich aufs Grab, als er verscharrt ist. Auf dem kalten Lager bringt er die erste Nacht, den folgenden Tag und die zweite Nacht hin, bis ein Nachbar, dem es wehe tat, das arme Tier nicht mehr zu sehen, ihn aufsucht. Der gute Mann liebkost ihn und nimmt ihn mit sich, er versucht alles, ihn zu füttern, aber der Hund entflieht bald nachher wieder zum Grabe seines Herrn.

Drei Monate gingen hin, alle Morgen kam das arme Tier zu seinem Wohltäter, Nahrung zu erhalten, aber täglich wurde er trauriger, magerer und kraftloser. Sein Beschützer versuchte ihn von seinem Aufenthalte zu entwöhnen, er sperrte ihn ein, er legte ihn an. Immer entzog sich das treue Geschöpf seiner Aufsicht und entschlüpfte zum Grabe seines Herrn, das er nicht verließ. Kurz, alle Mühe war vergebens. Selbst der menschliche Kerkermeister brachte ihm Futter. Er wollte nicht mehr annehmen und suchte die Erde auszuscharren, die ihn von dem geliebten Herrn trennte. Bald aber verloren die schwachen Glieder ihre Kraft und er atmete auf dem Grabe sein Leben aus.

Unbekannter Verfasser

Der Vater

Eine Erzählung aus Norwegen

Der mächtigste Mann des Kirchsprengels, von dem hier erzählt werden soll, hieß Christian Thord. Er stand eines Tages in der Arbeitsstube des Predigers, stattlich und ernst.

»Ich habe einen Sohn bekommen«, sagte er, »und will ihn getauft haben.«

»Wie soll er heißen?«

»Michael nach meinem Vater.«

»Und die Gevattern?«

Sie wurden genannt und waren die besten und angesehensten Männer und Frauen des Bezirks aus der Verwandtschaft des reichen Mannes.

»Ist sonst noch was?« fragte der Prediger und sah auf.

Der Bauer blieb noch einen Augenblick stehen und sagte dann: »Ich möchte ihn gern allein getauft haben.«

»Das soll heißen an einem Wochentage?«

»Nächsten Sonnabend zwölf Uhr mittags!«

»Und ist es sonst noch was?« fragte der Prediger wieder.

»Sonst ist es nichts!« – Der Bauer drehte den Hut, als wolle er gehen. Da stand der Prediger auf. »Dann also noch dies«, sagte er und ging gerade auf Thord zu, nahm seine Hand und sah ihm in die Augen: »Gebe Gott, daß Euch das Kind zum Segen werde.«

Sechzehn Jahre nach diesem Tage stand Thord wieder in der Stube des Predigers. »Ihr haltet Euch gut, Thord«, sagte der Prediger, da er gar keine Veränderung an ihm bemerkte. »Ich habe auch keine Sorgen!« antwortete Thord. Hierzu schwieg der Prediger; nach einem Weilchen aber fragte er ihn: »Was ist heute abend Euer Begehren?«

»Heute komme ich wegen meines Sohnes, der morgen konfirmiert werden soll.«

»Er ist ein braver Bursch.«

»Ich wollte den Prediger nicht eher bezahlen, bevor ich hörte, als der wievielte er vor den Altar gerufen würde.«

»Er soll die Nummer Eins bekommen.«

»Das habe ich gehört; – und hier sind zwei Speziestaler für den Prediger.«

»Ist es sonst noch was?« fragte der Prediger und sah Thord an.

»Sonst ist es nichts!« sagte Thord und ging.

Acht Jahre gingen wieder hin, da ließ sich eines Tages großer Lärm vor der Arbeitsstube des Predigers vernehmen, denn es traten viele Leute ins Haus und an ihrer Spitze Thord. Der Prediger sah auf und erkannte ihn sogleich.

»Ihr kommt heute in zahlreicher Begleitung«, sagte der Prediger.

»Ich verlange das Aufgebot für meinen Sohn. Er soll sich mit der Klara verheiraten, der Tochter Gudmunds, der hier steht.«

»Nun, das ist ja die reichste Dirne aus dem ganzen Bezirk.«

»So heißt es!« antwortete der Bauer und strich sich mit einer Hand das Haar in die Höhe. Der Prediger saß ein Weilchen wie in Gedanken da, er sagte nichts, sondern trug nur die Namen in seine Bücher ein, und die Männer unterschrieben. Thord legte drei Speziestaler auf den Tisch.

»Ich soll nur einen bekommen!« sagte der Prediger.

»Das weiß ich wohl; aber es ist mein einziges Kind; ich wollte es gerne gut machen.«

Der Prediger nahm das Geld. »Es ist das dritte Mal, daß Ihr jetzt Eures Sohnes halber hier steht, Thord.«

»Nun bin ich aber auch fertig mit ihm«, antwortete Thord, legte sein Taschentuch zusammen, sagte Lebewohl und ging. Die anderen Männer folgten ihm langsam.

Der Prediger fuhr sich mit der Hand über die Stirne, als wollte er sich eine Sorge wegwischen. Nach einer guten Weile schaute er durch die Fensterscheiben nach dem See hinaus.

Am Ufer stand der Sohn des reichen Mannes, und bei ihm stand ein Mädchen; das Mädchen war aber nicht Klara Gudmund, seine Braut. Sie hatte ihren Kopf an seine Schulter gelehnt und weinte, und er fuhr sich mit der Faust über die Augen. Der Prediger ging auch hinunter an den See, als er aber an das Ufer kam, war das Paar verschwunden.

Vierzehn Tage darauf, ruderten Vater und Sohn bei stillem Wetter über den See nach Storliden, um mit Gudmund über die Hochzeit zu sprechen. »Die Ruderbank liegt nicht sehr sicher unter mir«, sagte der Sohn und stand auf, um sie zurechtzulegen. In demselben Augenblick glitt die Planke, auf der er stand; er griff mit den Armen in die Luft, stieß einen Schrei aus und fiel ins Wasser. – »Greif nach dem Ruder!« rief der Vater, erhob sich und warf es hinaus. Nachdem aber der Sohn ein paar Bewegungen gemacht hatte, schien er zu ermatten. »Warte ein wenig!« rief der Vater, und ruderte mit voller Kraft auf ihn zu. Da warf sich der Sohn hintenüber, sah den Vater durchdringend an und – sank in die Tiefe. Thord wollte es nicht recht glauben, er hielt das Boot still und stierte auf den Fleck, an welchem der Sohn gesunken war, als solle er wieder heraufkommen. Da stiegen einige Blasen auf, noch einige, dann noch eine einzige große, sie barst – und spiegelglatt lag der See wieder da.

Drei Tage und drei Nächte hindurch sahen die Leute den Vater diesen Fleck rund umrudern, ohne daß er Speise zu sich genommen oder sich dem Schlaf überlassen hätte: er suchte nach seinem Sohn. Und am vierten Tage, des morgens, fand er ihn und kam, ihn tragend über die Berge, nach seinem Hofe. Und am vierten Tage des Morgens warf der See den Leichnam eines Mädchens ans Ufer. Es war Marie, die Tochter Henrichs, das schönste, tugendhafteste und – ärmste Mädchen des Dorfes. Es konnte seit jenem Tage ein Jahr vergangen sein. Da hörte der Prediger an einem Herbstabende noch spät etwas an der Türe der Vorstube rühren und vorsichtig nach dem Schlosse suchen. Der Prediger öffnete die Tür und herein trat ein hoher, aber nach vorn übergebeugter Mann, mager und mit weißem Haar. Der Prediger sah ihn lange an, denn er kannte ihn: es war Thord. »Kommt Ihr noch so spät?« sagte der Prediger und stand still vor ihm.

»Ach ja; ich komme spät!« antwortete Thord und setzte sich. Der Prediger setzte sich auch, als ob er des weiteren wartete; es war lange still. Dann sagte Thord: »Ich habe etwas bei mir, was ich gerne den Armen geben wollte«, er stand auf, legte einen Beutel Gold auf den Tisch und setzte sich wieder. Der Prediger zählte es nach: »Das ist sehr viel Geld«, sagte er.

»Es ist die Hälfte von meinem Hofe. Ich verkaufte ihn heute.«

Der Prediger blieb lange still sitzen, endlich fragte er, aber milden Tones:

»Was wollt Ihr vornehmen?«

»Etwas Besseres! Ich ziehe hinüber zu Henrichs. Ich habe seine jüngste Tochter an Kindes Statt angenommen.«

Dann saßen sie noch eine Weile, Thord mit den Augen an den Boden geheftet, der Prediger seinen Blick auf ihn gerichtet. Dann sagte der Prediger leise und langsam: »Jetzt denke ich, daß Euch Euer Sohn endlich zum Segen geworden ist.«

»Ja, das denke ich jetzt auch selbst!« sagte Thord, sah auf, und zwei große Zähren rannen nieder über das Antlitz des bisher so unbeugsamen, eisenharten Mannes.

Unbekannter Verfasser

Ein Abenteuer am Schienenstrang

Erinnerung eines amerikanischen Stationsverwalters

Der Zug Nr. 39 war eine ganze Stunde verspätet. Die Ursache dafür ergab sich von selbst. Ein furchtbarer Sturm wütete schon zwölf Stunden lang, der Regen fiel in Strömen aus einem dunklen Gewölke, welches den ganzen Himmel überhing, und dabei folgte ein Donnerschlag dem andern. Es war schon 7 Uhr, als endlich die gelben Lichter des Zuges bei der nächsten Kurve sichtbar wurden, und ich fühlte mich erleichtert beim Anblick dieser Lebenszeichen. Zwei Brücken auf meiner Strecke gehörten zu den unsichersten der ganzen Linie. Was konnte bei einem solchen Wetter alles geschehen! Doch jetzt war der Zug da und meine Sorge vorüber. Nervös hatte mich die Sache aber doch gemacht, und dazu kamen an diesem Abend noch andere Dinge, um mich in Auflegung zu versetzen. Um 11 Uhr 30 Minuten vormittags sollte ich ein Geldpaket von 13 000 Dollar erhalten. Es kam nicht und war mir mit diesem Zuge avisiert. Der Gedanke, diese große Summe Geldes über Nacht in meiner Verwahrung lassen zu müssen, war eben nicht angenehm, da ich ganz allein die Station bewohnte. Zwei Reisende verließen den Zug; doch eigentlich sollte ich sagen, nur ein Reisender, denn der andere wurde in einem hölzernen Sarge aus dem Gepäckwagen gehoben.

»Wer ist es?« fragte ich, als die unheimliche Fracht in das Stationsgebäude getragen wurde.

»Die Leiche meiner Schwägerin«, antwortete der fremde Herr, welcher ausgestiegen war. »sie war die Nichte des Herrn Eldridge, den Sie wohl kennen werden, und soll nun hier in der Familiengruft beigesetzt werden.«

»Dann muß wohl der Leichnam über Nacht hierbleiben?« fragte ich wieder.

»Ja«, sagte er kurz. »Glauben Sie, daß ich noch nach der Villa des Herrn Eldridge gelangen kann?«

»In diesem Sturm«, erwiderte ich, »wird es wohl schwer sein; ich rate Ihnen, lieber in dem nahen Gasthaus zu übernachten.« Ich zeigte darauf dem Fremden noch die Richtung, in welcher das eine Viertelstunde Weges entfernte Hotel lag und ging selbst zum Zugführer.

Dieser übergab mir das Paket mit dem Gelde und meinte: »Sei auf deiner Hut, Bill. In dem Paket hier ist genug enthalten, um einen unserer Buschklepper zu veranlassen, eine Kugel in deinen Kopf zu logieren, ohne daß du Gelegenheit hättest, gegen diese Einmietung zu protestieren.« Ich gab eine scherzhafte Antwort, die aber, offen gestanden, nur gezwungen von meinen Lippen kam. Dann gab der Zugführer das Zeichen, ein schriller Pfiff der Lokomotive ertönte und im nächsten Augenblick setzte sich der Zug in Bewegung. Ich blickte den roten Lichtern nach, und als sie im Dunkel der Nacht verschwunden waren, überkam mich das Gefühl der Einsamkeit und Verlassenheit in seiner ganzen Schwere.

Ins Haus eingetreten, warf ich noch einen Blick nach dem Sarge, der in einer Ecke des Gepäckraumes aufgestellt war, und ging dann in mein anstoßendes Zimmer, um mich möglichst gemütlich für den Abend einzurichten. Ich legte einige frische Scheite Holz in das Kaminfeuer, stellte Wasser zu, um mir einen Grog zu brauen, stopfte die Pfeife, nahm ein Zeitungsblatt zur Hand und setzte mich in meinen alten Lehnstuhl. Alles war vorbereitet, um einen ruhigen Abend zu genießen. Der tolle Sturm, der draußen heulte, machte ein warmes Zimmer doppelt schätzenswert. Trotz allem vermochte ich mich aber nicht behaglich zu fühlen. Die Pfeife wollte nicht brennen, der Grog schmeckte mir nicht, und für die Zeitung fand ich keine Aufmerksamkeit.

Nur um mich ein wenig zu zerstreuen, begann ich auf das Spiel des Morse-Telegraphen zu lauschen, dessen Geklapper mir zu der leichtverständlichen Sprache eines Freundes geworden war. Ein furchtbarer Donnerschlag übertäubte einen Augenblick lang alles; dann hörte ich wieder auf den Apparat und fuhr plötzlich erschrocken zusammen. Ganz deutlich hörte ich ihn rufen: »Watch the box!« (Gib acht auf den Sarg!)

Nach einer Weile abermals: »Gib acht auf den Sarg!« Und dann zum dritten Male: »Gib acht auf den Sarg!«

Mit meiner Ruhe war es nun ganz vorüber. Wer sandte die Depesche? Was sollte sie bedeuten? Ich empfand nur klar und deutlich, daß mir etwas Besonderes bevorstand. Unwillkürlich nahm ich meine alte Pistole vom Kasten herunter, die mir, ungeladen und verrostet, wie sie war, von keinem großen Nutzen sein konnte. Dann sah ich nochmals nach, ob das Haus gut verwahrt sei, schloß sorgfältig die Fensterladen und öffnete gänzlich die Tür, welche von meinem Zimmer in den Gepäckraum führte, damit ich den Sarg immer im Auge behalten könne. Ich setzte mich dann zum Apparat und fragte die Stationen auf der Linie, ob sie an mich depeschiert hätten. Alle antworteten: Nein!

Ich dachte, daß ich mich am Ende doch verhört hätte, setzte mich wieder zum Fenster und hielt meinen Blick auf den Sarg gerichtet, der mir jetzt ganz unheimlich geworden war, als plötzlich der Apparat wieder ganz deutlich rief: »Gib acht auf den Sarg!« und diese Warnung dreimal wiederholte. – Ich war jetzt fest entschlossen, die Nacht zu durchwachen, und warf mich, nachdem ich meine schweren Stiefel von den Füßen gezogen hatte, angekleidet auf das Bett. Der Sturm hatte sich gelegt, und langsam hörte ich mit dem Pendelschlage meiner alten Wanduhr die Zeit vorüberfließen. Es schlug 11 Uhr, es schlug Mitternacht. Alles ruhig. Die Lampe in dem Gepäckraum brannte, und ich behielt fort und fort den Sarg im Auge.

Auf einmal wurde die Ruhe abermals durch das Spiel des Apparates unterbrochen, der mir wieder zurief: »Gib acht auf den Sarg!« Und ich gab acht. Da war es mir, als hörte ich in der Richtung des Sarges ein Geräusch, wie wenn langsam, leise eine Schraube im Scharnier gedreht würde. Mein Herz pochte hörbar, ich lauschte und als sich das Geräusch wiederholte, erhob ich mich leise, nahm die Pistole, die ich inzwischen geladen, zur Hand und schlich unhörbaren Schrittes zum Sarge. Ruhig stand ich dort und vernahm, wie in dem Sarge ein Riegel zurückgeschoben wurde, im nächsten Augenblick begann sich der Deckel langsam zu heben. Mir wurde freilich bange zumute. Der Anblick war eben ganz eigentümlich; aber rasch entschlossen warf ich mich auf den Sarg, wer oder was da immer drin sein mochte, durfte nicht heraus. Das war mir klar, und während ich den Deckel mit meiner ganzen Schwere niederdrückte, ertönte ein Aufschrei des Schmerzes.

Ich wußte nun, daß ich es mit keinem Gespenst zu tun habe. Mit Gewalt versuchte jetzt der im Sarge Eingeschlossene den Deckel zu heben. Seine Kraft reichte aber dazu nicht aus. Ich saß oben und blickte nun um mich, um irgend etwas zu finden, womit ich den Deckel verschließen könnte. Ein Strick lag mir zur Seite. Ich erfaßte ihn, zog ihn unter den Füßen des Sarges durch, schlang ihn zweimal um den Sarg und machte einen tüchtigen Knoten. Schnell nahm ich nun Hammer und Nägel und vernagelte trotz allen Flehens meines Gefangenen den Sarg und brauche wohl nicht zu sagen, daß ich mit den Nägeln nicht sehr sparsam umging. Dann eilte ich zum Apparat, gab Alarm nach der nächsten Station und bat dringend um einen Hilfszug, denn ich war gewiß, daß damit die Ereignisse der Nacht ihren Abschluß noch nicht gefunden hatten. Ich löschte die Lampe aus und bewaffnete mich noch mit einem kurzen Eisenstabe. »Hilfszug abgegangen!« kam das Signal und ich wartete nun der Dinge, die noch kommen sollten, mit weit größerer Ruhe.

Es mochten keine zehn Minuten vergangen sein, als ich Schritte vernahm. Vor der Tür machte jemand halt, dann wurde leise geklopft. Ich gab keine Antwort. »Michel!« rief eine Stimme und als alles ruhig blieb, pochte der nächtliche Besucher etwas lauter. Ich verhielt mich noch immer still. Plötzlich wurde ein kräftiger Schlag gegen die Tür geführt. Das eine der Felder wurde herausgeschlagen, und ein Arm fuhr nach dem Türriegel. Rasch entschlossen packte ich die Hand. Ein furchtbares Ringen entstand. Mit aller Gewalt suchte mein Gegner sich frei zu machen. Ich aber hielt ihn mit eisernem Griffe fest, wir mochten unsere Kräfte wohl an zehn Minuten gemessen haben, als mein zudringlicher Gast mir mit einem derben Fluche die Ankunft des Zuges ankündigte. Mit letzter Anstrengung versuchte er es noch einmal, sich loszureißen, steigerte aber bei ihm die Angst seine Kräfte, so gab mir die Hoffnung neuen Mut. Ich ließ ihn nicht los. Jetzt pfiff die Lokomotive, und der Zug fuhr ein. Sehr eilige Schritte nahten.

»Da ist er!« riefen mehrere Stimmen, und ich fühlte, wie mein Gefangener von draußen gezerrt wurde. »Mach auf!« rief mein Kollege von der nächsten Station.

Ich ließ die Hand frei und öffnete die Tür. Der Räuber, denn ein solcher war es, lag gebunden am Boden. Die Bahnbediensteten traten ein und freuten sich, zur rechten Zeit gekommen zu sein. »Ein guter Fang«, meinten sie, »der bringt dir 500 Dollar!« – »Es ist nicht alles«, sagte ich, »ich habe noch einen zweiten Gefangenen.« – »Wo, wo?« tönte es von allen Seiten. Ich zeigte nach dem Sarge und erzählte meine Geschichte.

Wir machten uns jetzt daran, den Inhalt des Sarges näher zu betrachten. Es war keine leichte Aufgabe bei der furchtbaren Vernagelung.

Endlich war aber der Deckel frei. Rasch öffneten wir ihn, und ehe noch die Pseudoleiche Zeit hatte, sich zu erheben oder von dem in ihrer Hand befindlichen Revolver Gebrauch zu machen, hatten wir uns der Waffe versichert. Es war einer der gefährlichsten Räuber von Michigan, auf dessen Kopf ein Preis von 1000 Dollar gesetzt war, und ich hatte so durch ihn und seinen Kumpan eine Staatsprämie von 1500 Dollar verdient und erhielt überdies ein ansehnliches Geschenk von Herrn Eldridge, als ich ihm die 13000 Dollar übergab. Die Nacht hatte sich mir gut ausgezahlt. Ich war außerdem zu einem berühmten Manne geworden, aber ich möchte trotzdem keine zweite ähnliche Nacht durchleben. Am Ende kommen nicht immer Depeschen, die keinen Absender haben.

Johann Petel Hebel

Lange Kriegsfuhr

Im Dreißigjährigen Krieg, der Schwed' zog durch ein namhaftes Dorf im Wiesenkreis und in dem Dorf durchs Wirtshaus, und im Durchziehen durch den Hof blieb der Knecht des Wirts mit einem Wagen und vier Pferden an der Kolonne hängen. Denn er mußte Tornister führen und Offizierskisten und Weibsleute. Der Meister sagte: »Komm bald wieder heim, Jobbi!« Der Jobbi dachte: An mir soll's nicht fehlen. Die Meisterin weinte und lamentierte, aber ein schwedischer Korporal sagte: »Man wird Roß nicht fressen. Tatar frißt Roß.« Indessen ging die erste Tagesstation nur bis nach Freiburg, die zweite nur bis nach Rippenheim, die dritte nur bis nach Ortenberg, die vierte nur bis nach Hornberg, die fünfte nur bis nach Villingen im Schwarzwald. Dem armen Jobbi so hoch droben bei den Wolken war schon das Leben feil, und die Pferde hätten auch gern ins Gras gebissen, aber noch lieber in den Hafer. Und unter allen vieren beklagte der Jobbi am meisten sein Lieblingsroß, den Jockli, daß er schon in seinen besten Jahren ein Kriegsheld werden mußte. Aber das half alles nichts, wo man hinkam, waren keine Fuhren zu haben, so mußte der Jobbi und der Jockli mit, ungefragt und ungebeten, bis weit hinein ins Schwabenland und hinter sich und für sich, und aus so viel Tagen wurden so viel Monate und mehr, bis er einmal zwischen einem Montag und Dienstag Gelegenheit fand, eine Spazierfahrt für sich zu machen ins Freie. Die österreichischen Vorposten riefen ihn an: »Wer da?« – »Gut Freund.« – »Wer ist gut Freund?« – – »Der Jobbi von da und da.« – »Bassa mallergi«, sagte der Korporal, »bist du Jobbi von da und da?«

Der Korporal hatte auch schon einen schluck Branntwein oder vierundzwanzig bei seinem Meister getrunken und kannte den Jobbi, und der Vorpostenhauptmann war auch schon auf dem Jockli nach Waldshut geritten und kannte den Jockli. Also sagte der Hauptmann: »Willst du einen Paß nach Haus, oder willst du bei uns bleiben und Geld genug verdienen?« Da dachte der Jobbi: Aufgegeben hat mich der Meister schon lang, und einen andern Zug gekauft. Attrappiert mich unterwegs der Schwede, so geht's zu bösen

Häusern oder gar zu bösen Bäumen, und der Mund stand ihm voll Wasser, wenn er sah, wie die österreichischen Dukaten nur so flogen und auf den Boden fielen, und niemand bückte sich danach. Denn der österreichische Krieg hat Geld. Also blieb der Jobbi bei der Armee, hauderte hin und her, bis nach Preßburg hinein im Ungarland und wieder zurück, handelte auch ein wenig und gewann Hüte voll Geld. Der Wagen zerbrach; er kaufte sich einen neuen. Ein Pferd fiel nach dem andern, die Beute hatte andere. Nur der Jockli hielt aus, bergauf und -ab, durch dick und dünn. Gleichwohl dachte der alte Knabe oft an den Meister und an die Meisterin daheim, und wie er auch wieder einmal zurückwolle, wenn's sauber sei im Reich. Und der Meister und die Meisterin daheim dachten auch manchmal an den Jobbi selig, und wie es ihm möge ergangen sein bei den Schweden. Eines Tags, als schon alle Kanonen vom Rhein bis an die Donau und bis an die Ostsee versauft hatten – die Meisterin schnitt die Juppe ein zum Mittagessen, und der Wirt richtete den Zeiger an der Wanduhr, denn es schlug auf der Kirche –, da seufzte die Frau und sagte nichts. Der Meister fragte: »Was fehlt dir?« – »He, nichts«, sagte sie, »ich hab' an den Jobbi gedacht, Gott hab' ihn selig, und an den schönen Zug, heut jährt sich's wieder.« – »Es wird sich noch vielmal jähren«, sagte der Mann. »Gottlob, daß wieder Ruhe im Lande ist.« Indem tritt der Hausknecht herein und sagt: »Meister, da draußen haltet ein obstinater Gesell, ein Ungar mit schneeweißem Bart und vier Rossen, der aussieht wie ein Marketender und hat auch so ein Branntweinfäßlein auf dem Wagen. Kommt mir der Sapperment frangschemang in den Stall und sagt: »An diesem Platz bin ich der Meister; drauf jagt er Eure Pferde in den Hof hinaus und bindet die seinigen an. Ist noch Krieg oder ist's Frieden?« Indem der Meister hinaus will, kommt der Ungar herein und sagt: »Gemach!« – Der Wirt fragt: »Woher des Landes? Solche Gäste haben wir auch schon gehabt.« – »Eine Halbe will ich«, sagte der Ungar, »von Euerm Besten und zwei Gläser.« – »Das ist nicht von Eurem Besten«, sagte er nachher, »von dem Kreuznacher will ich im hintern Keller oder von dem Laufemer hinter der Brotbahre, wo die Katz' draufsitzt.« – Der Wirt sagt: »Woher wißt Ihr, was für Wein ich im Keller habe?« Der Ungar sagt: »Von Eurem alten Knecht, dem Jobbi«, und wollte sich noch lange verstellen. Als er aber seinen Namen hörte, wiewohl er ihn selber aussprach, konnte er nimmer an sich halten, sondern ergriff die Hand des Meisters, und die Tränen rannen ihm aus den Augen in den weißen Bart wie der köstliche Balsam, der herabfließt in sein Kleid und Lust und Freude erregt. »Ich bin ja der alte Jobbi«, sagte der vermeinte Ungar, »wo einmal bei Euch –«; aber der Wirt und die Wirtin unterbrachen, ihn mit einem lauten Freudengeschrei; »– und den Jockli hab' ich auch wieder mitgebracht«, sagte der Jobbi, »die andern sind neu.« Jetzt ging's an ein Bewillkommnen und an ein Fragen, der Wirt rief die Kinder zusammen, der Jobbi sei wieder da, und die Mutter brachte die Kleinen, eins an der Hand, eins auf dem Arme, aber sie fürchteten sich und schrien vor dem fremden Bart; und der Herr Schulmeister kam im Vorbeigehen auch hinein. Als aber der Meister ein Glas zum Willkommen mit ihm getrunken hatte und wollte ihm nun das zweite einschenken, sagte der Jobbi: »Das Fäßlein! Wir müssen zuerst das Fäßlein abladen.« Drauf brachten der Wirt, der Jobbi und der Hausknecht ein Fäßlein, aber nicht mit Branntwein, nein voll kaiserlicher Taler und Chemnitzer Dukaten ab dem Wagen herein, so schwer sie tragen konnten. »Dies ist Euer Geld«, sagte der Jobbi, »das ich Euch ehrlich verdient habe. Ich verlange nichts als für die sechs Jahre meinen Lohn, und für den Jockli den Ruhestand.« Der Meister sagte: »Du sollst keinen Lohn von mir bekommen, sondern du sollst das Kind im Hause sein, und zwar das älteste.« Aber der Jobbi sagte: »Ihr habt unterdessen, wie ich sehe, Kinder genug bekommen. Laßt mich, wie ich bin«, und ging mit einem Mund voll Brot hinaus, um nach den Pferden zu sehen und seine alten Geschäfte zu verrichten wie vorher, als wenn er nie weg gewesen wäre.

Also blieb er bis an sein Ende im Dienste seines Meisters, und vermachte ihm, weil er keine Erben hatte, noch sein Vermögen von fünfhundertzwanzig Pfund Basler Währung, gut vierhundertsechzehn Gulden rheinisch. Der Meister aber rührte das Geld nicht an, sondern stiftete es für die Armen.

Zwei Tage nach dem Jobbi starb auch der Jockli.

Unbekannter Verfasser

Die Zerstörung des Inquisitionspalastes in Madrid

Aus einem Berichte des Obersten Lemanoir im Jahre 1809

Als Marschall Soult, der Gouverneur von Madrid, mich beorderte, nach dem Befehl des Kaisers die Inquisitionsgebäude zu demolieren, bemerkte ich ihm, das 9. Regiment Lanciers sei dazu nicht hinreichend, worauf der Marschall noch zwei Regimenter Infanterie dazu kommandierte, deren eines, das 117., unter dem Befehl des Obersten Delille stand. Mit diesen Truppen marschierte ich nach der Inquisition, deren Gebäude mit starken Mauern umgeben und mit 400 Soldaten besetzt waren. Dort angekommen, forderte ich die Väter auf, die Tore zu öffnen. Eine Schildwache, die auf einer der Bastionen stand, besprach sich darauf einige Augenblicke mit jemand innerhalb der Mauer, worauf sie auf uns Feuer gab und einen meiner Leute tötete. Dies war das Signal zum Angriff, und ich befahl meinen Truppen, jeden, der sich auf den Mauern blicken ließe, niederzuschießen. Bald aber stellte sich's heraus, daß der Kampf ungleich war, und ich mußte mich zu einer anderen Angriffsweise entschließen. Es wurden einige Bäume niedergehauen und Mauerbrecher daraus gemacht. Zwei dieser Maschinen, die gut gehandhabt wurden, machten unter einem Kugelregen eine Bresche in die Mauer, und die kaiserlichen Truppen stürzten in den Hof des Palastes hinein.

Hier zeigte sich uns ein Beispiel von jesuitischer Unverschämtheit. Der Generalinquisitor und die Väter Beichtiger traten feierlich aus ihren Schlupfwinkeln hervor, in ihre priesterlichen Gewänder gekleidet, und die Arme auf der Brust gekreuzt, als ob sie von nichts wüßten und nur sehen wollten, was es denn gäbe, sie machten ihren Soldaten Vorwürfe: »Warum lasset ihr euch denn mit unseren Freunden, den Franzosen, in einen Streit ein?« Offenbar wollten sie uns glauben machen, sie hätten die Verteidigung gar nicht angeordnet; und ohne Zweifel hofften sie, während des Durcheinanders der Plünderung entwischen zu können. Aber darin täuschten sie sich. Ich gab strengen Befehl, sie nicht aus den Augen zu lassen, und ließ alle ihre Soldaten gefangennehmen. Nun fingen wir aber an, dieses höllische Gefängnis zu durchsuchen, wir sahen eine Kammer um die andere; Altäre, Kruzifixe, Wachskerzen in Menge; Reichtum und Glanz war überall zu schauen. Die Fußböden und Wände waren aufs feinste poliert und die Marmormosaik mit ausgesuchtem Geschmack eingelegt. Aber wo waren denn die Folterwerkzeuge, von denen man uns gesagt hatte?

Und wo waren die Kerker, in denen menschliche Wesen lebendig begraben sein sollten?

Wir suchten vergeblich danach. Die heiligen Väter versicherten uns, sie wären verleumdet worden, und wir hätten bereits alles gesehen. Ich war schon auf dem Punkt, meine Nachforschungen einzustellen, überzeugt, daß diese Inquisitoren andere Leute seien als die, von denen man uns gesagt hatte. Aber Oberst Delille wollte sich nicht so leicht zufriedengeben. Er sagte zu mir: »Wir wollen doch die Fußböden noch einmal untersuchen und Wasser darauf schütten; dann wird sich zeigen, ob's nicht irgendwo durchrinnt.« Die Marmorplatten waren groß und ganz glatt. Nachdem wir zum großen Mißvergnügen der Inquisitoren neues Wasser daraufgegossen hatten, untersuchten wir alle Spalten, ob es nicht irgendwo durchsickere. Bald rief Oberst Delille: »Ich habe gefunden, was ich gesucht.« Zwischen zwei Marmorplatten verschwand das Wasser sehr schnell, wie wenn ein leerer Raum darunter wäre. Offiziere und Soldaten machten sich nun daran, die Platte aufzuheben, während die Priester gegen diese Entweihung ihres schönen Hauses schrien. Ein Soldat stieß mit seinem Musketenkolben auf eine Feder, und es kam eine Treppe zum Vorschein. Ich nahm von einem Tisch eine angezündete, vier Fuß lange Wachskerze, um unsere Entdeckung genauer zu untersuchen, wurde aber von einem der Inquisitoren angehalten, der sanft seine Hand auf meinen Arm legte und mit frommer Miene sagte: »Mein Sohn, du sollst diese Wachskerze nicht anrühren, sie ist heilig.« – »Ganz recht«, erwiderte ich, »ich brauche ein heiliges Licht, um die Gottlosigkeit zu ergründen«, und stieg die Treppe hinab, die unter ein Gewölbe führte, welches keinen anderen Ausgang hatte als diese Falltür. Unten angelangt, traten wir in ein großes viereckiges Zimmer, die Gerichtshalle genannt. In deren Mitte war ein steinerner Block, und auf ihm befestigt ein Stuhl für den Angeklagten. Auf der einen Seite des Saals war ein anderer, höherer Sitz für den Generalinquisitor, der Thron des Gerichts genannt, und auf beiden Seiten niedrigere Sitze für die Patres. Aus diesem Saal gingen wir nach der rechten Seite und fanden da kleine Zellen, die sich durch die ganze Länge des Gebäudes erstreckten. Aber was für ein Anblick stellte sich da unseren Augen dar! Wie war die wohlwollende Idee unseres Erlösers von ihren Bekennern geschändet! Diese Zellen dienten als Kerker, in welchen die Schlachtopfer der Inquisition eingemauert waren, bis der Tod sie von ihren Leiden erlöste. Ihre Leichname wurden der Verwesung überlassen, und damit der pestilenzialische Geruch die Inquisitoren nicht belästige, waren Vorrichtungen angebracht, um ihn abzuführen. In diesen Zellen fanden wir die Überreste von einigen, die erst kürzlich gestorben waren. In den anderen nur noch an den Boden gekettete Skelette. Wieder in anderen zeigten sich noch lebende Schlachtopfer, von jedem Alter und von beiderlei Geschlecht: junge Männer und Greise bis zu 70 Jahren, aber alle so nackt, wie an dem Tage, wo sie geboren wurden. Unsere Soldaten bemühten sich vor allen Dingen, die Gefangenen von ihren Ketten loszumachen, und zogen dann einen Teil ihrer Kleider aus, um sie zu bedecken. Nachdem wir alle Zellen durchsucht und die Kerkertüren derer, die noch lebten, geöffnet hatten, gingen wir nach der linken Seite, um ein anderes Gemach in Augenschein zu nehmen. Dort fanden wir alle Folterwerkzeuge, welche Menschen oder Teufel nur erdenken konnten. Bei diesem Anblick ließ sich die Wut unserer Soldaten nicht mehr bezähmen.

»Alle die Inquisitoren, Mönche und Soldaten müssen gefoltert werden!« schrien sie.

Wir machten keinen Versuch, sie zurückzuhalten; und augenblicklich fingen sie an den Personen der Patres ihre Arbeit an. Ich sah sie vier Arten von Tortur anwenden; dann zog ich mich von dem schauderhaften Auftritt zurück, der so lange währte, wie noch eine einzige Person, an der die Soldaten ihre Rache üben konnten, sich in diesem Vorzimmer der Hölle befand. Sobald die Schlachtopfer der Inquisition ohne Gefahr aus ihrem Kerker ans Tageslicht gebracht werden konnten, verbreitete sich die Nachricht von ihrer Befreiung überall hin; und denen das sogenannte »Heilige Amt« ihre verwandten und Freunde entrissen hatte, kamen, um zu sehen, ob sie sich noch am Leben befänden. Gegen hundert Personen wurden durch uns aus ihren Gräbern befreit und ihren Familien wiedergeschenkt, viele fanden einen Sohn oder eine Tochter, einen Bruder oder eine Schwester, einen Vater oder eine Mutter. Andere suchten die Ihrigen vergeblich. Eine große Menge Pulver wurde in die unterirdischen Gänge des Gewölbes gebracht, die massiven Mauern und Türme wurden, als man es anzündete, in die Luft gesprengt, und der Inqusitionspalast in Madrid hatte aufgehört zu bestehen.

G. Dittmar

Eine Herbstnacht im Schloß zu Stockholm

Es war an einem rauhen, stürmischen Abend des Spätherbstes, als König Karl XI. in seinem Gemach im alten königlichen Schlosse zu Stockholm, in tiefe Gedanken versunken, vor dem hellbrennenden Kaminfeuer saß. Es war niemand bei ihm als sein Günstling, der Graf von Brahe, und der Arzt Baumgarten, den er wegen einer kleinen Unpäßlichkeit hatte rufen lassen. Es war schon ziemlich spät, und der König hatte gegen seine Gewohnheit seine Umgebung noch nicht entlassen. Mit düsterem Blick sah er in die Flamme; man sah wohl, daß er sich langweilte, aber dennoch scheute er sich, allein zu sein, ohne jedoch zu wissen warum.

Der Graf von Brahe, diese peinliche Situation fühlend, hatte schon einige Male geäußert, daß Seine Majestät der Ruhe bedürfen würde, ein stummes Zeichen des Königs jedoch befahl ihm zu bleiben, und als der Arzt seinerseits auch bemerklich machte, daß langes Wachen der Gesundheit schädlich sei, antwortete der König zwischen den Zähnen murmelnd: »Bleiben Sie, ich habe noch keine Neigung zu schlafen.«

Man versuchte nun eine Unterhaltung in Gang zu bringen, jedoch vergebens, bis endlich der Graf Brahe, vermutend, daß die Traurigkeit des Königs von der Erinnerung an seine verstorbene Gemahlin herrühren möge, vor ihrem Bilde stehenblieb und mit einem Seufzer ausrief: »Wie ähnlich ist doch das Bild – treffend der Ausdruck von Majestät und Schönheit!«

Die Königin Ulrike Eleonore war kürzlich erst gestorben, und trotz seines rauhen Charakters fühlte Karl XI. ihren Verlust schmerzlich, denn er hatte sie sehr hoch geschätzt, obgleich man sagte, daß er durch seine Härte ihren Tod beschleunigt hätte.

Der König glaubte jedesmal einen Vorwurf zu hören, wenn man die Königin in seiner Gegenwart erwähnte, und er erwiderte deshalb dem Grafen barsch: »Ach was, das Bild ist geschmeichelt, die Königin war häßlich!« Kaum hatte er jedoch diese rauhen Worte gesagt, so schien er diese auch schon zu bereuen; er stand auf und ging, seine Gemütsbewegung zu verbergen, mit großen Schritten im Zimmer auf und ab. Plötzlich blieb er am Fenster stehen und blickte starr in die dunkle, durch keinen Mondschein erhellte Nacht hinaus.

Es muß hier bemerkt werden, daß das Schloß, welches die Könige von Schweden jetzt bewohnen, damals noch nicht vollendet war, und daß Karl XI. den alten, an der Spitze von Ritterholm gelegenen Palast bewohnte, der auf den Mälarsee hinsieht. Dies Gebäude hatte die Gestalt eines Hufeisens, an dessen einem äußeren Ende sich das Kabinett des Königs befand, gegenüber dem großen Saal, in dem sich die Stände des Reichs zu versammeln pflegten.

Als des Königs Blicke sich auf die Fenster des gegenüberliegenden Saales gerichtet hatten, schienen diese plötzlich hell erleuchtet zu sein. Im ersten Augenblick glaubte Karl, daß ein Diener mit einer Fackel sich in dem Saal befinden würde, dazu war aber die Beleuchtung zu hell; eine Feuerbrunst konnte es auch nicht sein, denn man sah weder Rauch noch hörte man Lärm.

Graf Brahe, welcher ebenfalls die Erscheinung bemerkte, griff nach der Glocke, um einem Pagen zu klingeln, der sich nach der Ursache der Beleuchtung erkundigen sollte. Der König hielt ihn jedoch zurück und rief:

»Ich werde selbst in den Saal gehen.«

Er erblich sichtbar bei diesen Worten, dennoch ging er mit festen Schritten aus dem Zimmer, und der Graf und der Arzt begleiteten ihn mit brennenden Lichtern.

Baumgarten ging und holte den schon zu Bett gegangenen Hausmeister, welcher die Schlüssel zum Saale in Verwahrung hatte. Man öffnete zuerst die Galerie, die dem Ständesaal als Vorzimmer und Durchgang diente; doch wie erstaunte man, als man die Wände der Galerie schwarz behangen sah.

»Wer hat den Befehl gegeben, den Saal zu behängen?« rief der König unwillig.

»Ich weiß es nicht«, antwortete der Hausmeister, »als ich das letzte Mal den Saal reinigen ließ, war nichts zu sehen als die gewöhnliche Vertäfelung.«

Der König schritt rasch vorwärts und war beinahe an das andere Ende der Galerie gelangt, als der Hausmeister, der ihm mit dem Grafen und dem Arzt unmittelbar folgte, ausrief:

»Sire! gehen sie nicht weiter! Hier ist Hexerei im Spiel! Die Königin geht seit ihrem Tode zu dieser Stunde um!«

»Bleiben sie zurück«, rief auch der Graf, »hören Sie doch den sonderbaren Lärm im Saal! Es könnte Eurer Majestät Gefahr bringen!«

»Sire«, rief der Arzt, dem der Windzug das Licht ausgeblasen hatte, »gestatten Sie, daß ich einige zwanzig Trabanten hole!«

»Wir gehen hinein«, sagte der König mit fester Stimme. »Öffne schnell die Tür, Hausmeister!«

Bei diesen Worten stieß er mit dem Fuße so heftig gegen die Tür, daß der Widerhall wie Donner in den gewölbten Räumen tönte. Der Hausmeister zitterte vor Angst, vergeblich bemühte er sich, den Schlüssel in das Loch zu bringen.

»Du bist ein alter Soldat und zitterst?« rief der König mit verächtlichem Achselzucken und sich zu Brahe wendend: »Herr Graf, öffnen Sie die Tür!«

»Sire«, sagte dieser, einen Schritt zurücktretend, »schicken Sie mich gegen deutsche oder dänische Kanonen, und ich werde nicht zaudern, Ihrem Befehl zu gehorchen, doch gegen die hätte ...«

»Nun«, rief der König mit höhnischem Lächeln, »ich sehe wohl, daß ich dies Abenteuer allein ausfechten muß!«

Mit diesen Worten nahm er den Schlüssel aus der Hand des zitternden Hausmeisters, ehe dies sein Gefolge hindern konnte, öffnete und trat mit dem Ausruf: »Mit Gottes Hilfe!« in den Saal. Seine Begleiter, bei denen die Neugier die Furcht endlich überwunden hatte, und die sich wohl auch schämen mochten, ihren König jetzt allein in der Gefahr zu lassen, folgten ihm.

Der große Saal der Reichsstände war mit unzähligen Lichtern erleuchtet, die Wände schwarz behangen, die Trophäen Gustav Adolfs, deutsche, dänische und moskowitische Fahnen, waren in ihrer gewöhnlichen Ordnung an den Seiten des Saales zu sehen. Die schwedischen Banner waren mit Trauerflor umwickelt. Die Sitze waren mit einer zahlreichen Versammlung schwarzgekleideter Männer besetzt, unter denen man jedoch kein bekanntes Gesicht entdecken konnte. Auf dem Throne lehnte ein blutiger Leichnam, mit den Abzeichen der königlichen Würde geschmückt; diesem zur Rechten stand ein Kind mit Krone und Zepter, ein nebelhaftes Luftgebild in der Gestalt eines Greises zur Linken. Diese letztere Erscheinung trug den Curimanienmantel, so wie ihn die Reichsverweser zu tragen pflegten, ehe Gustav Wasa den Thron bestieg. Dem Thron gegenüber saßen mehrere Männer am Tisch, und vor diesem stand ein mit schwarzem Flor überzogener Block mit einem Richtbeil.

Die Versammlung schien die Anwesenheit Karls und seiner Begleiter nicht zu bemerken. Beim Eintritt hatten diese ein verworrenes Geräusch gehört, jedoch kein Wort unterscheiden können.

Der älteste der Ritter, welcher der Präsident der Versammlung zu sein schien, erhob sich und schlug dreimal mit der Hand auf einen vor ihm aufgeschlagenen Folioband, worauf ein tiefes Stillschweigen eintrat. Die gegenüber befindliche Tür öffnete sich, und einige wohlgekleidete junge Männer traten mit auf den Rücken gebundenen Händen ein; ihnen folgte ein kräftiger, stämmiger Mann, in einem ledernen Wams und hielt die Enden der Stricke, mit denen den Gefangenen die Hände gebunden waren.

Der erste, der auch der Angesehenste zu sein schien, trat mit stolzem Blick vor den Block, der Leichnam auf dem Throne zitterte in krampfhafter Bewegung, und aus seiner klaffenden Wunde strömte frisches Blut.

Bei diesem gräßlichen Anblick konnte sich der König nicht mehr halten; er trat einige Schritte weiter vor und rief gegen die Figur gewendet, die den Mantel der Reichsverweser trug, mit fester Stimme:

»Bist du von Gott, so rede! Bist du aber vom Teufel, so laß uns in Frieden!«

Die Erscheinung erhob sich und antwortete mit langsamer feierlicher Stimme:

»König Karl, nicht unter deiner Regierung wird dies Blut fließen«; – dann fuhr das Gespenst mit weniger vernehmlicher Stimme fort: »aber fünf Regierungen später Unglück, Unglück, Unglück über das Haus Wasa!«

Kaum waren diese geheimnisvollen Worte gesprochen, so begannen die Gestalten nach und nach zu verschwinden; erst waren sie weniger deutlich zu sehen, und endlich verschwanden sie ganz. Die Beleuchtung wurde ebenfalls nach und nach trüber, bis sie ganz erlosch. Die Lichter, welche der König und seine Begleiter trugen, zeigten den Saal in seinen gewöhnlichen Tapeten. Alles war verschwunden und man hörte nur noch ein seltsames, melodisches Klingen, ähnlich dem Säuseln des Windes oder dem Ton einer springenden Harfenseite, als das einzig übriggebliebene Merkmal dieser schaudervollen Szene. Die Erscheinung mochte wohl zehn Minuten gedauert haben.

Der König ließ sogleich, nachdem er in sein Zimmer zurückgekehrt war, die ganze Sache zu Protokoll nehmen, und er sowohl wie seine Begleiter unterzeichneten es.

Dieses merkwürdige Aktenstück ist heute noch in dem königlichen Archiv niedergelegt, und niemand kann seine Echtheit bezweifeln.

Zu bemerken ist der Schluß dieser Schrift, in welchem der König sagt:

»Wenn das, was ich hier erzählt habe, nicht die strenge Wahrheit ist, so entsage ich aller Hoffnung einer besseren Zukunft, die ich durch irgendeine gute Handlung, und besonders durch mein eifriges Streben, zum Besten meines Volkes zu wirken, um die Religion meiner Väter aufrechtzuerhalten, verdient haben könnte!«

So sehr man auch bemüht war, die ganze Sache geheimzuhalten, so hatte sich doch die Kunde davon, sogar schon zu Karls Lebzeiten, bald im Volke verbreitet und war daher in Schweden, längst vor der traurigen Erfüllung der geheimnisvollen Vorausverkündigung allgemein bekannt.

Am Abend des 17. März 1792, als König Gustav III. von Schweden eben im Begriff war, auf den Maskenball zu gehen, brachte ihm plötzlich sein Kammerdiener ein mit Bleistift geschriebenes Billett auf einem silbernen Präsentierteller; hastig erbrach es der König, erbleichte, faßte sich jedoch sogleich wieder. Das geheimnisvolle Papier enthielt eine Warnung vor dem heutigen Ball, und man bat den König dringend, ihn nicht zu besuchen.

Gustav, ein Mann von echt ritterlichem Charakter, beachtete diese Warnung nicht und ging ohne Furcht auf den Ball. Kaum war er dort angelangt, als der Graf Horn auf ihn zutrat, ihn auf die Schulter klopfte und rief: »Gute Nacht, Maske!« – In diesem Augenblick krachte ein Schuß, und der König sank in seinem Blute zu Boden.

Sein Mörder war Ankarström. Ende des Winters 1792 fiel dessen Haupt unter dem Beil.

Unbekannter Verfasser

Eine Pfeife Tabak oder *Die Treue im kleinen*

Der alte tapfere Feldmarschall Fürst Blücher von Wahlstatt war ein geborener Mecklenburger, und seine Geburtsstadt ist Rostock an der Warnow, wo auch jetzt sein ehernes Standbild auf dem Blücherplatz schon seit Jahrzehnten zu sehen ist.

Der alte Haudegen liebte außer seinen wackeren »Jungen«, wie er seine Reiter nannte, bekanntlich drei Dinge über die Maßen: ein Glas Wein, das Spiel und eine Pfeife Tabak. Wein und Spiel mußte er sich nicht selten versagen, wenn er – obwohl er ein Feldmarschall war – eben kein Geld hatte, was ihm ungefähr eben so oft geschah wie einem lustigen Studenten, und in solchen Stunden pfiff er seinen Leibmarsch, gähnte, fluchte auch wohl ein bißchen, blieb übrigens aber guter Dinge. Jedoch seine Pfeife Tabak hätte er nicht missen können, die mußte er haben, wenigstens ein paar Züge, bevor er irgend etwas unternahm. »Ohne Tabak bin ich keenen Groschen nütze!« sagte er oft, und seine lange Gefangenschaft in Lübeck schrieb er bloß dem Umstande zu, daß er damals »nich eene elende Pipe Tabak mehr besessen habe«. – Sosehr aber auch der alte »Marschall Vorwärts« den Tabak liebte, so war er durchaus kein Liebhaber von kostbarem Pfeifengerät; am liebsten rauchte er aus einer langen holländischen Tonpfeife, die bekanntlich ein höchst zerbrechliches Ding ist. – Aus diesem Grunde hatte er denn unter seinen »Jungen« sich einen eigenen »Pipenmeister« erwählt, der die Aufsicht über eine lange Kiste wohlverpackter Tonpfeifen führte, das kostbarste Stück der Blücherschen Feldausrüstung. Zerbrach eine Pfeife, so war das ein Erlebnis, das für unseren alten Helden vielleicht mehr Wichtigkeit hatte als ein kleines Scharmützel mit dem Feinde. Es ward in solchen Fällen die »Blessierte« genau untersucht; war der Stiel nicht knapp am Kopf abgebrochen, so ward sie ins »Korps der Invaliden« versetzt und bekam den Namen »Stummel«. Eines solchen Stummels bediente sich der Feldmarschall gewöhnlich auf Marsch und Erkundungsritten, und gar mancher Stummel ist ihm, wie Augenzeugen versichern, von feindlichen Kugeln vor dem Munde weggeputzt worden, so daß er das Ende vom Stiel davon im Munde behielt.

Blüchers »Pipenmeister« zur Zeit der Befreiungskriege war ein Mecklenburger, ein Rostocker, wie Blücher selbst, und diesem über alle Maßen ergeben. Niemand kannte so alle kleinen Eigenheiten des alten Helden, als Christian Hennemann, und keiner wußte sich so drein zu schicken. Sein eigentliches Amt als »Pipenmeister« verwaltete Hennemann mit größter Treue und einem fast fanatischen Eifer. Die Kiste mit den Pipen war sein höchstes Gut, und der wäre seines Lebens nicht sicher gewesen, der sie beschädigt oder den Versuch gemacht hätte, auch nur einen der Stummel daraus zu entwenden. Hennemann wußte genau wieviele ganze Pfeifen, Blessierte (an welchen bloß ein Teil des Stiels fehlte) und Stummel die Kiste enthielt und zählte sie alle Sonnabende wie ein Geizhals seine harten Taler und geriet schier außer sich, wenn er unter den Blessierten eine fand, die nicht einmal mehr zum Stummel tauglich schien.

Es war die Gewohnheit des »Alten«, vor jedem ernsten Angriffe sich eine lange Pfeife stopfen zu lassen; aus dieser rauchte er ein paar Züge, gab sie sodann noch brennend seinem Hennemann, setzte sich im Sattel zurecht, zog seinen Säbel, und mit dem kräftigen Ruf: »Vorwärts meine Jungen!« stürmte er auf den Feind los und schlug, bis nichts mehr zu schlagen war. An jenem ewig denkwürdigen Morgen der Schlacht bei Bellealliance hatte Hennemann seinem Gebieter eben die Pfeife dargeboten, als eine Kanonenkugel dicht neben ihm in die Erde schlug, so daß Erde und Grieß ihn und seinen Schimmel über und über bedeckten. Der Schimmel machte einen mächtigen Seitensprung, und die schöne neue Pfeife zerbrach, ehe der alte Held noch einen Zug daraus getan hatte. »Stopp mich eene neue Pfeife, brenne sie mich an und warte hier eenen Ogenblick uff mich, ick will bloß die französischen Jrobiane mal jagen! Vorwärts! Jungens!« Und damit ging es vorwärts und immer weiter, so daß die Jagd nicht »eenen Ogenblick«, sondern einen ganzen heißen Tag währte. Endlich war die Schlacht geschlagen; bei dem zerschossenen Wirtshause Bellealliance trafen sich die befreundeten Sieger Blücher und Wellington und wünschten einander Glück zum großen gelungenen Werke.

»Deine Burschen hieben ein wie die leibhaftigen Teufel«, sprach Wellington.

»Ja, siehst du, des is ihre Sache«, erwiderte Blücher, »aber ob eener unter ihnen so fest und ruhig dastehen würde im furchtbaren Kugelregen wie deine Schotten, des weeß ick denn doch nich, so brav sie ooch immer seien.« – »Es sind gute, disziplinierte Leute«, erwiderte Wellington und erkundigte sich dann nach Blüchers früherer Stellung, die ihm möglich gemacht, einen so meisterhaften und in seiner Wirkung für die Feinde so verderblichen Angriff durchzuführen. Blücher, der, wie gut er dreinschlug, doch nicht besonders stark im Schildern geschehener Taten war, sprach: »Nun ich stand nicht weit von hier uff eener mit Busch bewachsenen Anhöhe, und wir können ja jleich hinüberreiten, daß du dir das Ding ansiehst.« Damit gab er seinem Schimmel die Sporen, Wellington folgte ihm, und bald erreichten sie mit ihrer Begleitung den Platz. Es war alles leer auf der Stelle, aber wo Blücher diesen Morgen gehalten hatte, und von wo aus er ausgeritten war, stand ein Mann, das Haupt verbunden, den einen Arm mit einem Tuche umwickelt und rauchte aus einer blendend weißen, langen Tonpfeife. Blücher stutzte einen Augenblick und rief dann: »Donner noch mal, des is ja mein Christian Hennemann. Kerl, wie siehst du aus, und was machst du hier?« – »Kommen sie endlich?« versetzte Christian Hennemann; »den ganzen Tag habe ich hier gestanden und auf Sie gewartet, eine Pfeife nach der anderen haben mir die verwünschten Franzosen vom Maule weggeschossen, einmal hat mir sogar eine bleierne Bohne ein Stück Fleisch vom Kopf weggerissen, und die Faust da wird mir wohl zum Teufel gehen. Das ist die letzte ganze Pfeife, und es ist nur gut, daß die Geschichte mit dem Schießen endlich aufhörte, sonst hätten sie mir diese am Ende auch noch weggeputzt, und Sie könnten jetzt mit trocknem Munde dastehen.« Damit reichte Christian Hennemann seinem Herrn die brennende Pfeife, die dieser nahm, und indem er behaglich dampfte, entgegnete er: »Es ist wahr, ick hab' dir lange warten lassen; aber siehst du, die Kerle wollten heute nicht gleich loofen.« Wellington hatte mit Verwunderung dem Gespräche Blüchers und seines Dieners zugehört; er blickte bald auf den Feldmarschall, bald auf den Pfeifenmeister, bald auf die am Boden verstreuten Kugeln und Baumäste, die es deutlich bezeugten, welch ein gefährlicher Zielpunkt dieser Posten bei der Schlacht gewesen war.

Die Kopfwunde des Mannes erwies sich als bedeutend, seine Hand war völlig zerschmettert, und doch hatte er dagestanden und geraucht und seinen Herrn erwartet, mitten im fürchterlichsten Kugelregen. »Du lobst meine Schotten«, sprach Wellington zu Blücher, »daß sie so brav gestanden hätten? Was sagst du denn zu diesem deinem Manne da?«

»Er ist aus Rostock«, versetzte Blücher, »und übrigens hatte der Kerl immer eene Pfeife Tabak zur Hand, da muß er sich doch hier janz jut befunden haben.«

A. von Tromlitz

Der Pfarrer von Villarcajo

Erinnerung aus dem Kriegsleben in Spanien

Ich kam mit meinem Detachement nach Villarcajo, um in der dortigen Gegend die Kontribution an Geld und Lebensmitteln einzutreiben. Stumm und finster stand die Menge, die mit verhaltenem Grimm unsern Einmarsch ansah. Desto freundlicher empfing mich der Pfarrer, ein siebzigjähriger Greis, von langer, majestätischer Gestalt, bei dem ich mein Quartier bekam. Nach einigen Worten, die sogleich herzlich wurden, da er erfuhr, daß ich ein Deutscher sei, trat der Alkalde ins Zimmer, um mit mir das Nötige wegen meines Geschäfts zu verabreden. – »Der Senjor Colonel ist kein Franzose!« sagte der Pfarrer; »er gehört einer Nation an, die schon das verloren, um welches wir noch kämpfen – die Freiheit! – die nächst Gott dem Menschen das Höchste sein muß. Er wird gewiß nur fordern, was ihm aufgegeben wurde, und nicht vergessen, daß erpreßtes Gut Fluch und keinen Segen bringt.« – »Sicher nicht mehr, als meine Order vorschreibt!« fiel ich ihm in die Rede, zeigte sie ihm, und in wenigen Minuten war das Geschäft beendet; die Gelder wurden gezahlt, und die Lebensmittel aufgepackt. Wir setzten uns zu Tische. Es fiel mir auf, daß noch für einen Vierten gedeckt war, und ich wurde angenehm überrascht, als ein junges Mädchen in der Nationaltracht in das Zimmer trat und neben mir Platz am Tische nahm. – »Vittorina!« sagte der Pfarrer, auf das Mädchen zeigend, »meine Nichte und die Verlobte des Senjor Alkalde. Sie pflegt mich mit kindlicher Liebe seit dem Tode ihrer guten Mutter, die mir als geliebte Schwester mein Alter versüßte, und der ich – der Wille des Höchsten geschehe! – nun wohl bald folgen werde. Froh will ich diese Welt verlassen, da ich das mir so innig anvertraute Pfand so gut versorgt weiß.« – Er brach ab und das Gespräch wendete sich auf Gleichgültiges.

Ich hatte nun Muße, das Mädchen näher zu betrachten. Die schönen Formen ihres Körpers waren mir nicht neu, sie sind den meisten Spanierinnen eigen. Dieses Nymphenhafte und doch Graziöse, diese feinen Umrisse und doch diese üppige Fülle sah ich nur in diesem Lande. Aber die dunkelblonden Locken und ihr dunkelblaues Auge waren mir eine neue Erscheinung in dieser Zone; mehr aber noch das schwermütige, Schwärmerische im Blick: nicht jenes Glühende, was unter dem Schleier der feurigen Spanierinnen hervorblitzt. Sie zog mich an und erinnerte mich an mein Vaterland; sie zauberte mich an die Seite meiner Geliebten, und meine Phantasie schwärmte auf heimatlichen Fluren. Ich sprach mit ihr voll inniger Herzlichkeit; der Ton meiner Stimme wurde weich, und mir war, als wenn dieses holde Wesen mir näher angehörte; doch sie blieb einsilbig, in sich gekehrt und still, und was sie sprach, zeigte mir deutlich: diese Stimmung sei Widerhall ihres Gemüts, nicht ihres Geistes. – wir hatten unsere Mahlzeit beinahe beendet, als die Tür sich mit einigem Ungestüm öffnete und ein junger Mann hereintrat, den Pfarrer, den Alkalden grüßte und, indem er sich gegen mich verbeugte, mich ernst, fast möchte ich sagen, feindlich betrachtete. Ich erfuhr bald, er sei der Sohn des Alkalden und Vittorinens Verlobter. Auch er war ein schöner junger Mann, hager, aber kraftvoll. In seinem Gesicht war Leidenschaft der Hauptzug, und ein gewisses Unbändiges sprach vortretend sich finster aus. – Der Pfarrer machte ihn mit mir bekannt, lobte gegen ihn die Freundlichkeit, mit der ich mein Geschäft abgemacht habe; sagte ihm, daß ich ein Deutscher sei, und daß die blonden Locken Vittorinens und ihre blauen Augen mich schmerzlich an die daheim gelassene Gattin und an meine Kinder erinnerten. – Bei dieser kurzen Erzählung, deren Absicht mir leicht klar werden mußte, erheiterte sich allmählich das Gesicht des jungen Mannes; er näherte sich mir, drückte mir innig die Hand, doch blieb das Wilde in seinem Gesicht, und ganz verlor es sich nie.

Er nahm zwischen Vittorinen und seinem Vater Platz, verglich ihr Auge mit dem azurnen Himmel und versicherte endlich, von dem inneren glühenden Gemüt fortgerissen: So selten als diese Locken, so selten dies Auge auf kastilischem Boden rollte und glühte, so selten sei eine Liebe der seinen gleich.

»Dich, Vittoria!« rief er, »oder den Tod!« und drückte das schmachtend an ihn aufblickende Mädchen an sein Herz.

»Fernando!« sagte lächelnd der Alkalde; »du hast dich versprochen! Vittorina, wolltest du sagen und rufst Vittoria!« – »Auf dies!«

rief der Jüngling und stürzte einen Becher Wein hinunter, »Vittoria und Vittorina, nur durch euch beide kann dieses stürmische Herz glücklich werden!« – »Senjor Colonel«, so unterbrach der alte Pfarrer die Rede; »verzeihen Sie einem verliebten den Ausbruch der Leidenschaft, die hier wohl nicht am rechten Ort ist.«

Ich fühlte, was er sagen wollte, beruhigte ihn über meine Grundsätze, und bald sprach der Deutsche zum Spanier. Unsere Herzen öffneten sich, der junge Mann wurde innig, herzlich, und ich äußerte unvorsichtig: daß jedem rechtlichen Deutschen das Herz blute, die Henkerbefehle gegen ein solch edles Volk vollziehen zu müssen, das durch seinen Mut, seine Standhaftigkeit unsere Bewunderung verdiente. Da ergriff er Vittorinens Hand, führte sie zu mir und sagte mit feierlichem Ernst: »Mädchen, holde Geliebte! Laß zum erstenmal eines andern als deines Fernando Lippen, deinen holden Mund berühren; du dankst im Namen des Vaterlandes!« – Ich küßte ihre Stirn, drückte das holde Wesen sanft an mich – sie ging schweigend aus dem Zimmer.

Das Gespräch ward jetzt allgemein. – Plötzlich sah Fernando aufmerksam zum Fenster hinaus, winkte dem Pfarrer, und beide entfernten sich. – Nach einiger Zeit kamen sie wieder; der junge Mann sah aus wie jemand, der mit sich nicht einig ist; der Greis lächelte wohlwollend.

»Das Detachement, das sie bei sich haben –« sagte endlich der Pfarrer, während der junge Mann mit seinem Vater leise sprach, »– das Detachement scheint meist aus Deutschen zu bestehen?« – »Es sind lauter deutsche Truppen!« entgegnete ich. – »Kennen sie die Gegend genau?« fuhr er fort, »und haben sie wohl besonders den Fußsteig dort am Olivenwäldchen gut besetzt?« – Mir fiel die Frage auf, sie schien mir verdächtig; doch tat der Pfarrer, als ob er meine Verwunderung nicht bemerkte. Ohne meine Antwort abzuwarten, ging er in das Nebenzimmer und kam mit einem Kruzifix in der Hand wieder heraus, »Senjor!« sagte er ernst – und Fernando und der Alkalde näherten sich uns – »ruhen wir beide vielleicht auch nicht in dem Schoße einer Kirche, glauben wir doch an einen Gott, und an ihn, der für uns am Kreuze starb. Hier auf das Bild des Erlösers fordere ich jetzt den Schwur von Ihnen, um das, was ich Ihnen sagen werde, kein Blut zu vergießen, niemand, er sei wer er wolle, deshalb unglücklich zu machen, und nie meiner hierbei zu erwähnen.« – Auch Fernando trat jetzt hervor: »Und bei dem Bilde Ihrer Gattin, das Ihnen heute Vittorinens Anblick so lebendig darstellte, schwören Sie auch mir denselben Schwur, und reichen sie mir zur Bekräftigung Ihre deutsche ritterliche Rechte.« – »Ist es nicht gegen meine Ehre, gegen meine Pflicht, gern!« erwiderte ich, reichte ihm die Hand und schwur.

Ein sonderbares Gefühl ergriff mich, da ich den alten feierlichen Mann vor mir stehen sah, da ich einen Schwur leistete, dessen Sinn mir noch dunkel war, und den meine aufgereizte Phantasie als etwas Hohes und Wichtiges malte. – Wie erstaunte ich aber, als der Alkalde mich ganz ruhig bei der Hand nahm, mir durch die Scheiben des Fensters eine gegenüberstehende Venta zeigte und ganz ruhig zu mir sagte: »Senjor, schicken Sie einige Ihrer Leute in jenes Haus; sie werden darin einen Mann finden, der sich durch den Verlust eines Auges so auszeichnet, daß er nicht zu verkennen ist. Lassen sie ihn, womöglich in der Stille, festnehmen, bewahren sie ihn sorgfältig, und erst, wenn sie morgen früh weiterziehen, geben sie ihn mir zu fernerem, scharfen Verwahrsam, der freilich nur so lange dauern wird, bis ich Sie entfernt weiß!« – Voll Verwunderung stand ich und der Pfarrer sagte nun: »Ich will Ihnen das Rätsel lösen! – Als wir vorhin im Gespräch begriffen waren, sah Fernando diesen Menschen dort hineingehen, und wir kennen ja unsere Leute! Er ist ein Spion unseres braven Nina, der gewiß in dieser Gegend angekommen ist; denn wie die Seemöwe uns den nahen Sturm ankündigt, so ist dieser Bote der Vorläufer eines Überfalls. Säumen Sie nicht, halten Sie ihn fest, bleiben Sie unter den Waffen; das Gewitter soll vorüberziehen, und hoffentlich werden wir unsern Unglücksgenossen, den braven Deutschen, auf diesem ganzen Zuge Ruhe verschaffen. Mögen unsere Landsleute ihre Waffen gegen jene wenden, die mit Freude sklaven sind, und mit Freude freie Menschen in Sklavenketten legen möchten! – Doch«, setzte er ernst hinzu, »der Mann kehrt morgen frei und unverletzt in unsere Hände zurück, und unserer wird nie gedacht.« – Noch einmal versprach ich es und ging alles zu veranstalten. Der bezeichnete Mann wurde festgenommen, und durch ausgeschickte Spähtrupps erhielt ich die Nachricht, daß Nina wirklich in der Nähe sei.

Gegen Abend entfernte sich der Alkalde mit seinem Sohn, der, sooft ich ihn mit Vittorinen zusammen sah, ihr stilles Ergeben, ihre sanfte Liebe mit der heißen Glut des Südens und mit der höchsten gereizten Leidenschaft erwiderte.

»Sie sehen«, sagte in dieser Zeit der Greis – als wir uns allein im Zimmer befanden –, »wie wir Spanier sind; treu und bieder gegen die, die uns wohl wollen, aber fest und unerschütterlich gegen unsere Feinde. Der Kampf ist noch lange nicht beendet, und Millionen vielleicht werden noch geopfert werden müssen, bis Ihr aus unsern Leichnamen den Thron eines französischen Königs auf kastilischem Boden errichten könnt. Oh! über die verblendeten Menschen, die glauben, daß alles, was uns seit früher Jugend teuer, gleichsam innig mit uns verwebt ist, daß unsere heilige Religion und die festen Bande, die das Volk an seinen vaterländischen König kettet, daß alle die süßen Gewohnheiten, die wir mit unserer Muttermilch einsaugen, daß dies alles durch den toten Buchstaben, durch ein Machtwort eines Tyrannen aufgelöst, zerrissen und vergessen sein soll. Oh, zu fest hängt der Mensch an dem, was er von Kindheit an fühlte, liebte, verehrte, als daß er dies und den Herd seiner Väter nicht willig mit seinem Blut verteidigen sollte. Und auch euch« – fuhr er im prophetischen Geiste fort –«auch euch wird die Stunde der Erlösung schlagen, und eure Ketten werdet Ihr zerbrechen, werdet frei sein und bleiben!«

Mich ergriff die feurige Rede des Alten; ich mußte ihn freundlich fragen, woher es käme, daß bei diesen Grundsätzen und bei dem Geiste, der in seiner Umgebung zu wohnen schien, diese Gegend doch stets durch Ruhe, durch Gehorsam sich auszeichne, und noch nie irgendein Aufstand ausgebrochen sei.

»Ich habe alles getan, dies zu verhindern!« entgegnete er; »meine Pflicht ist, Geduld, Ruhe und Eintracht, nicht Mord und Krieg zu predigen; und noch ist die Saat nicht reif, noch wäre das Blut unnütz vergeudet, noch hat zu mir der Herr nicht gesprochen, will er aber durchaus die Geißel seines Zorns schwingen lassen, Will er, daß dieses freundliche Tal ein Raub der Zerstörung werde, und daß unser Blut für die heilige Jungfrau und unsern König fließen soll, so wird er uns ein Zeichen geben, das wir als sicher erkennen, und dem wir, alles opfernd, willig folgen werden.« – Er stand bei diesen

Worten auf und ging in's Nebenzimmer, wo ich ihn leise beten hörte.

Ernst, fast schweigend wurde der Abend verbracht, Vittorina sagte gute Nacht, der Pfarrer ging zur Ruhe und ich zu meinen Truppen, die auf dem Platz vor dem Pfarrhause biwakierten. – Es war ein kühler Abend, der Mond schien und die bewegte Luft führte einzelne Wolken an ihm vorüber und verdeckte sein Licht.

In meinen Mantel gehüllt, ging ich auf und ab, als mir aus einem Garten, den ich für den des Pfarrers hielt, Töne einer Gitarre entgegenklangen, und eine Stimme, die mir Vittorinens Stimme zu sein schien, zu singen anhub.

Vittorina stand jetzt lebhaft vor mir. Sie schien mir eine Blume, nicht in diesem Klima gereift; sie mußte bei den brennenden Strahlen dieser Sonne verwelken, ihr Herz brechen, da man es nicht verstand. Ihr stilles Gemüt beugte sich, sanft duldend, unter der Gewalt der wilden Leidenschaft, und Fernandos Liebe war eine verzehrende Flamme. – Wehmütig blickte ich nach der Stelle hin, wo die Töne verhallten, und meine Phantasie beschäftigte sich die lange Nacht hindurch mit dem holden Bilde des lieblichen Mädchens.

Als der Morgen graute, sagte ich meinem guten ehrwürdigen Pfarrer von Villarcajo ein herzliches Lebewohl, ergriff Vittorinas Hand, und der Wunsch trat aus meinem Innern laut hervor: daß, wenn ich je wieder nach Villarcajo käme, ich ihr Herz ruhig und sie glücklich an Fernandos Seite sehen möchte. – Der Himmel hat meine Wünsche erhört; als ich wieder nach Villarcajo kam, fand ich ihr Herz ruhig und sie gewiß glücklich an Fernandos Seite.

O Schicksal, wie führst du die Menschen! Über Berg und Tal, unter Freud und Leid ging es auf dem düsteren Berufswege vorwärts, in stetem Wechsel der Gegend und ihrer Bewohner, im ewigen Einerlei des Elends und seiner Klagen. Der frohen Menschen traf ich nur wenige, der Trübgestimmten Tausende. Fluch erntete ich, wo ich nicht gesät hatte, und so trieb ich mich mehrere Wochen im Kreise herum, und dankte dem Himmel, daß meine Höllendienste bald beendet waren.

Eines Abends saß ich unter einer grünen Eiche, die das letzte Haus eines Dorfes beschattete, im Kreis meiner Offiziere, als ein

Landmann sich heranschlich und mir ein wohlbekanntes Zeichen gab. Ich entfernte mich unter irgendeinem Vorwand von meinen Kameraden, und der Mann folgte mir in einiger Entfernung. Sich mir nähernd, gab er ein zweites Zeichen, und jetzt erst näherte ich mich ihm vertrauensvoll, da ich wohl wußte, daß ich nun von ihm, den ich als einen unsrer Spione an seinem Zeichen erkannt hatte, nichts mehr zu befürchten hätte. Er reichte mir eine Zigarre und eilte ins Gebüsch. Bekannt mit dieser Post, rollte ich die Zigarre auseinander, nahm den darin eingewickelten Zettel heraus und las: »Die Gegend von Villarcajo ist im Aufruhr, der dortige Pfarrer an ihrer Spitze; sie müssen sogleich aufbrechen und den Ort erreichen, ehe Nina mit dem Empecinado sich da vereinigt. Der Pfarrer sei Ihr besonderes Augenmerk, bekommen sie ihn lebendig, desto besser, übrigens handeln sie in der dortigen Gegend nach den Ihnen wohlbekannten allgemeinen Grundsätzen.« – »Vittoria!« rief ich unwillkürlich aus und ging schweigend zurück. Die Trompete rief, der Mond beleuchtete uns den Blutweg. Die ersten Strahlen der Morgensonne zeigten mir in weiter Ferne das Tal von Villarcajo und das vergoldete Kreuz seines Turmes; noch wenige Schritte, und das Feuern der Avantgarde überzeugte mich, daß ich wirklich feindlich gegen den stillen Ort des Friedens zog, den ich so wehmütig, so segnend verließ. – Da tönte die Sturmglocke

———

im Tal, die Feuer flackerten auf den Höhen, und meine Reiter trabten in wildem Jauchzen den steilen Berg hinab, das Fußvolk kletterte einen näheren Fußsteig hinunter. Immer ging es nach Villarcajo hin; das Feuer wurde heftiger, auch die Tirailleurs auf den Flügeln waren in den Olivenanpflanzungen im Vorgehen. Ein Trupp Spanier brach hinter einem Meierhofe hervor, nahe genug, um das Gebrüll:

»*Viva la fanta religio! Viva Ferdinando septimo!* deutlich zu hören. –

Die erste Eskadron stürzt sich auf diese Masse, sprengt sie auseinander, und alles jagt in wilder Karriere nach.

Am Bild des heiligen Stephan lag der Pfarrer, einen Lanzenstich durch die Brust, ein Kruzifix in der Hand, den Blick nach oben, – »Gott vergebe dir!« sagte er finster, als ich vom Pferde sprang und auf ihn zueilte; »Gott vergebe dir, du hast mir blutig gelohnt! – Doch«, setzte er heiterer hinzu, »Sie sind unschuldig, ich vergebe Ihnen gern, und auch dem, dessen Lanze mich traf.« – Ich rief einen Chirurgen, ihn zu verbinden; er wollte es nicht dulden. »Gönnen Sie mir nicht den ehrenvollen Tod, der Ihrer nicht wartet, den Tod für das Vaterland?« sprach er zürnend; »wollen Sie mich lieber meinen Henkern überliefern, auf der Esplanade von Burgos mich als schimpfliche Trophäe aufgeknüpft sehen? Ich hielt Sie für menschlicher!« – Er schwieg. Da der Chirurg nun auch versicherte, die Wunde sei tödlich, Rettung unmöglich, so drang ich mit meinen Bitten nicht weiter in ihn; wohl aber sprach ich: »Mann des Friedens! Wie konnten Sie sich an die Spitze dieser Menschen stellen und zum Blutrichter werden?« – »Lassen Sie mich nur –«, so antwortete er, mild lächelnd, »– lassen Sie mich nur in meine Kirche tragen und dort sterben, versagen Sie mir diese Bitte nicht, es ist ja die letzte für diese Welt –; dort sollen Sie alles erfahren!«– Ich ließ ihn auf einer Trage durch meine Leute fortbringen; sie taten es willig, der ehrwürdige blutende Greis flößte allen Ehrfurcht ein.

Der Zug ging vorwärts; überall flohen die Spanier; Villarcajo war genommen, nur noch einzelne Schüsse fielen aus den Häusern, als wir dort einrückten, schon brannte es an mehreren Orten, schon schlug die Flamme über der Wohnung des Pfarrers zusammen, als wir über den Platz zur Kirche kamen, und unwillkürlich rief ich: »Vittorina!« – »Bald sind wir bei ihr!« sprach der Greis und zeigte nach der offenen Kirche; »dorthin, dorthin! vor den Altar, auf jenen frisch gesenkten Stein setzt mich nieder, meine Kinder!« sagte er, »da laßt mich ruhig sterben!« – Ich trat vor den Altar, meine Blicke fielen auf den Stein zu seinen Füßen, und mit großer Schrift stand – o daß ich es lesen mußte! – »Vittorina de Corrego y Fernando Almasas« darauf gegraben. »Dahin, dahin!« rief der Pfarrer, immer nach dem Stein zeigend, den seine Sehnsucht nicht rasch genug ereilen konnte, und: »Gottlob!« seufzte er, da man ihn hinsetzte, ihn mit dem Rücken an den Altar lehnte: »gottlob! bald bin ich bei dir!«

»Junger Mann!« sagte er, indem er meine Hand feierlich ergriff; »Gott gab mir ein Zeichen; durch die hier Ruhende sprach der Herr zu mir, ich habe seine Stimme gehört und seine Befehle treulich befolgt! – Doch setzen Sie sich hier neben mich«, fuhr er fort, »nur leise kann ich noch reden, – und ich wünschte doch so gern, Sie möchten es wissen, warum ich starb; Ihre Tränen möchten auf dieses Grab, auf meine Leiche fließen!« – Ich setzte mich, er hub mit schwacher Stimme an: »Acht Tage nach Ihrem Abmarsch kam ein Detachement Franzosen in unser Dorf; auch zu mir kamen mehrere ins Quartier, sahen Vittorina, und Hände und Füße dem Greise gebunden, Fernando gemißhandelt und geknebelt, entehrten sie vor unserm Angesicht den Engel der Unschuld und eilten triumphierend über ihre schändliche Tat davon. – Schweigend stieg die Entehrte vom Lager ihrer Schande, entledigte mich meiner Fesseln, eilte zu Fernando, nahm einen verborgenen Dolch von seiner Brust, stieß ihn in ihr Herz, noch ehe ich zu ihr eilen konnte, und unter dem Ausruf: »Heilige Jungfrau, nimm mich Sündhafte gnädig auf!« verschied sie. Fernando, seiner Bande entledigt, zog den blutigen Dolch aus dem Busen der Märtyrerin, ich nahm das Kruzifix in meine Rechte, so stürzten wir auf die Straße, Rache der heiligen Jungfrau schwörend. Dem ersten Franzosen, der uns begegnete, stieß Fernando den Dolch ins Herz. Die Sturmglocke tönte, meine Kinder versammelten sich um mich her, viele fanden mit Fernando den Tod an meiner Seite, aber Gott triumphierte, wir siegten, und Gott sei gepriesen!« – hier richtete er sich feierlich und furchtbar auf – »Gott sei gepriesen, siebzehn hat diese Hand gemordet zum Sühnopfer für die –!« Krampfhaft fuhr seine Hand nach dem Grabe, und bleich und tot sank er auf den kalten Stein.

Ruhe und Friede seiner Asche! – Ruhe und Friede Vittorinen! – Gott aber die Vergeltung!

Johann Peter Hebel

List gegen List

Einem namhaften Goldschmied hatten zwei vornehm gekleidete Personen für dreitausend Taler kostbare Kleinode abgekauft für die Krönung in Ungarn. Hernach bezahlten sie ihm tausend Taler bar, legten alles, was sie ausgesucht hatten, in ein Schächtelein zusammen, siegelten das Schächtelein zu und gaben es dem Goldschmied gleichsam als Unterpfand für die noch fehlende Summe wieder in Verwahrung, wenigstens kam es dem Goldschmied so vor, als wenn es das nämliche wäre. »In vierzehn Tagen«, sagten sie, »bringen wir Euch die fehlende Summe, und wir nehmen alsdann das Schächtelein in Empfang.« Alles wurde schriftlich gemacht. Allein es vergehen drei Wochen, niemand meldet sich. Der Krönungstag geht vorüber, es gehen noch vier Wochen vorüber. Niemand will mehr nach dem Schächtelein fragen. Endlich dachte der Goldschmied: Was soll ich euch euer Eigentum hüten auf meine Gefahr und mein Kapital tot drinnen liegen haben? Also wollte er das Schächtlein im Beisein einer obrigkeitlichen Person öffnen und die dafür bereits empfangenen tausend Taler hinterlegen. Als es aber geöffnet ward, »lieber guter Goldschmied«, sagte der Aktuarius, »wie seid Ihr von den zwei Spitzbuben angeschmiert!«

Nämlich in dem Schächtelein lagen statt Edelgestein Kieselstein und Fensterblei statt Goldes. Die zwei Kaufleute waren spitzbübische Taschenspieler, böhmische Juden, sie brachten das wahre Schächtelein unvermerkt auf die Seite und gaben dem Goldschmied ein anderes zurück, welches ebenso aussah. »Goldschmied«, sagte der Aktuarius, »hier ist guter Rat teuer. Ihr seid ein unglücklicher Mann.« Indem trat wohlgekleidet und ehrbar ein Fremder zur Tür herein und wollte dem Goldschmied allerlei krummgebogenes Silbergeschirr und einseitige Schnallen verkaufen und sah den Spektakel. »Goldschmied«, sagte er, als der Aktuarius fort war, »Euer Lebelang müßt Ihr Euch nicht mit den Schreibern einlassen. Haltet Euch an praktische Männer! Habt Ihr das Herz, eine Wurst an eine Speckseite zu setzen, Euch ist zu helfen, wenn Euer Schächtelein oder der Wert dafür noch in der Welt ist, ich schaff' Euch die Spitzbuben wieder ins Haus.« – »Wer seid Ihr, um Vergebung?« fragte der Goldschmied. – »Ich bin der Zundelfrieder«, erwiderte der Fremde mit Vertrauen und mit einem recht liebenswürdig freundlichen Spitzbubengesicht. Wer den Frieder nicht persönlich kennt, der kann sich keine Vorstellung davon machen, wie ehrlich und gutmütig er sich anstellen, und dem vorsichtigsten Menschen so unwiderstehlich das Herz und das Vertrauen abstehlen kann wie das Geld. Auch ist er in der Tat so schlimm nicht, als man ihn zwischen Bühl und Achern dafür hält. Ob nun der Goldschmied noch überdies an das Sprichwort dachte, daß man Spitzbuben am besten mit Spitzbuben fangen könne, oder ob er an ein anderes Sprichwort dachte, daß, wer das Roß geholt hat, der hole auch den Zaum, kurz der Goldschmied vertraut sich dem Frieder an. »Aber ich bitte Euch«, sagte er, »betrügt mich nicht.« – »Verlaßt Euch auf mich«, sagte der Frieder, »und erschreckt nicht[R1] allzu sehr, wenn Ihr morgen früh wieder um etwas klüger geworden seid!« Vielleicht ist der Frieder auf einer Spur? Nein, er ist noch auf keiner. Aber wer in selbiger Nacht dem Goldschmied auch noch vier Dutzend silberne Löffel, sechs silberne Salzbüchslein, sechs goldene Ringe mit kostbaren Steinen holte, das war der Frieder. Manch geneigter Leser, der auf ihn nicht viel halten will, wird denken: Das geschah dir recht. Desto besser. Denn dem Goldschmied war es auch recht. Nämlich auf dem Tisch fand er von dem Zundelfrieder einen eigenhändigen Empfangsschein, daß er obige Artikel richtig erhalten habe, und ein Schreiben, wie sich der Goldschmied nun weiter zu verhalten habe. Nämlich er zeigt jetzt nach des Frieders Anleitung den Diebstahl beim Amt an, und bat um einen Augenschein. Hernach bat er den Amtmann, die verlorenen Artikel in allen Zeitungen bekanntzumachen. Hernach bat er, auch das versiegelte Schächtelein mit seiner ganzen Beschreibung mit in das Verzeichnis zu setzen, um etwas. Der Amtmann sah ins Klare und verwilligte ihm den Wunsch. Einem honetten Goldschmied, dachte er, kann ein Mann, der eine Haushaltung führt, etwas zum Gefallen tun. Also verlauft es sich in alle Zeitungen, dem Goldschmied sei gestohlen worden das und das, unter anderem ein Schächtelein so und so mit vielen kostbaren Edelgesteinen, die alle benannt wurden. Die Nachricht kam bis nach Augsburg. »Löb«, schmunzelte dort ein böhmischer Jud dem andern zu, »der Goldschmied wird nie erfahren, was in dem Schächtelein war. Weißt du, daß es ihm gestohlen ist?« – »Desto besser«, sagte der Löb, »so muß er uns auch unser Geld zurückgeben, und hat gar nichts.« Kurz: die Betrüger gehen dem Frieder in die Falle und kommen wieder zu dem Goldschmied. »Seid so gut und gebt uns jetzt das Schächtelein? Nicht wahr, wir haben Euch ein wenig lange warten lassen?« – »Liebe Herren«, erwiderte der Goldschmied, »Euch ist unterdessen ein großes Unglück geschehen, das Schächtelein ist Euch gestohlen. Habt Ihr's noch in keiner Zeitung gelesen?« Der Löb erwiderte mit ruhiger Stimme: »Das wäre uns leid, aber das Unglück wird wohl auf Eurer Seite sein. Ihr liefert uns das Schächtelein ab, wie wir's Euch in die Hände gegeben haben, oder Ihr gebt uns unser vorausbezahltes Geld zurück. Die Krönung ist ohnehin vorüber.« – Man sprach hin, man sprach her, »und das Unglück wird eben doch auf Eurer Seite sein«, nahm wieder der Goldschmied das Wort. Denn im nämlichen Augenblick traten jetzt mit seiner Frau vier Hatschiere in die Stube, handfeste Männer, wie sie sind, und faßten die Spitzbuben. Das Schächtelein war nimmer aufzutreiben, aber das Zuchthaus und so viel Geld und Geldeswert, als nötig war, den Goldschmied zu bezahlen. Aus Dankbarkeit zerriß der Goldschmied hernach den Empfangsschein des Frieders. Aber der Frieder brachte ihm alles wieder und verlangte nichts für seinen guten Rat. »Wenn ich einmal etwa von Eurer Ware benötigt bin«, sagte er, »so weiß ich ja jetzt den Weg in Euern Laden und zu Euern Kästlein. Wenn ich nur alle Spitzbuben zugrunde richten könnte«, sagte er, »daß ich der einzige wäre.« Denn eifersüchtig ist er.

W. Scharenberg

Die Silberminen von Peru

Vor einigen Jahren – so erzählte ein Kaufmann, der sich vielfach in der Welt umgesehen – hatte ich in Paris die Bekanntschaft eines deutschen Arztes gemacht, welcher mehrere Jahre in Südamerika, namentlich in Peru und Bolivia zugebracht hatte, seine lehrreichen Unterhaltungen sowohl wie die Liebenswürdigkeit seines Charakters bewogen mich, seine Gesellschaft oft zu suchen, und wir machten daher häufig gemeinsame Spaziergänge in die schönen Umgebungen von Paris. Eines Tages schlenderten wir durch den Wald von Boulogne, und mein Freund erzählte mir von seinen Abenteuern in Peru, als eine elegante Equipage, die uns entgegenkam, schon von fern unsere Aufmerksamkeit erregte, »Welch schöne Pferde!« rief mein Freund, als das leichte Fuhrwerk sich uns näherte, aber im nächsten Augenblick, da der Wagen an uns vorüberrollte, blieb mein Begleiter plötzlich stehen, und mit allen Zeichen der Überraschung und des Staunens blickte er der flüchtig dahineilenden Erscheinung nach, bis sie an der nächsten Biegung des Weges unseren Augen entschwand. Mein Freund rieb sich die Stirn wie ein Erwachender, der eben zum Bewußtsein kommt, daß er lebhaft geträumt habe.

»Was ist Ihnen?« fragte ich überrascht. »Hatte das Fuhrwerk etwas so absonderlich Interessantes für Sie?«

»Ja, freilich!« erwiderte mein Begleiter, indem er sich aus seiner Zerstreuung sammelte. »Haben Sie nicht den Herrn gesehen, der in dem Wagen saß? Aus tausend und abertausend Menschengesichtern würde ich diese Züge wieder herausfinden, und doch – was sage ich – der Mann, den ich eben jetzt wiederzuerkennen glaubte, – er ist längst gestorben, gestorben eines elenden Todes. Kommen Sie, ich will Ihnen im Gehen ein Abenteuer erzählen, das ich in den Silberminen von Peru erlebt habe, und wodurch Ihnen zugleich die dortigen Zustände klarwerden sollen. Sie mögen nachher selbst beurteilen, mit welchem Rechte ich durch die Erscheinung des Mannes überrascht sein mußte, dem wir soeben begegneten.

Es war auf der weiten sumpfigen Hochebene von Bombon, welche die Straße von Lima, der Hauptstadt Perus, nach den reichen, vielgerühmten Silberminen von Cerro del Pasco durchschneidet, als ich eines Morgens einsam dahinreitend die unangenehme Bemerkung machte, daß mein Maultier eines seiner Hufeisen verloren habe. Ich stieg ab, um ein neues Eisen aufzulegen, denn wer einige Zeit in den wilden, wenig bewohnten Gebirgen Perus gereist ist, lernt sehr bald die Notwendigkeit einsehen, bei seinem Maultier den Hufschmid selbst abzugeben. Von der Tüchtigkeit des Tieres hängt fast immer die Sicherheit des Reisenden ab, und nur zu oft bringt ein einziger falscher Tritt manchem den sicheren Tod. Ich war mit meiner Arbeit fast zu Ende, als ich hinter mir in einiger Entfernung zwei Reiter erblickte, die sich mir rasch zu nähern schienen. Mit einem leisen Fluch über ein Land, wo kein Mensch dem andern trauen könne, schlug ich hastig die letzten Nägel in den Huf meines Maultieres, warf schnell Hammer und Zange in den Mantelsack, schwang mich in den Sattel und untersuchte eilig den Zustand meiner Pistolen. Erst als ich mich überzeugt, daß meine Waffen zum Schuß bereit waren, wendete ich mein Maultier, um die Begegnung mit den beiden Reitern in Ruhe zu erwarten. Denn in solchen Fällen ist es immer besser, seinem Feinde die Brust als den Rücken zu zeigen. Doch war diesmal meine Vorsicht unnötig, denn nach einigen Minuten erkannte ich in den beiden Reitern einen hübschen jungen Mann, der offenbar den höheren Ständen angehörte, und seinen indianischen Diener. Es lag etwas Ritterliches und Schwärmerisches in der Erscheinung des Mannes. Das edle, etwas gebräunte Gesicht beschattete ein leichter, breitkrempiger Hut, unter dem sich eine Fülle schwarzer Locken hervordrängte; ein weiter dunkelfarbiger Poncho war malerisch um die Schultern geworfen und ließ die jugendlich-kräftige Gestalt mehr ahnen als wirklich sehen.

Sein Diener dagegen hatte eines jener schlauen, verschmitzten Gesichter, die jeden Augenblick ihren Ausdruck wechseln, und die unter den Eingeborenen so häufig sind, daß man in Peru lange reisen kann, ehe man ein Gesicht zu sehen bekommt, das Vertrauen erweckt.

»Als mich die beiden Reisenden erreichten, bot mir der Herr freundlich einen guten Morgen und nannte mich Senjor Aleman (deutscher Herr). »Wie kommen Sie hierher in die öde, unbewohnte Hochebene von Bombon?«

»Kennen Sie mich?« erwiderte ich überrascht.

»Warum nicht?« sagte lächelnd der junge Mann, »ich habe sie einigemal in Lima im Kaffeehause gesehen, und ein deutscher Arzt ist bei uns keine so gewöhnliche Erscheinung, daß man sie nicht beachten sollte. – Aber wie wagen Sie, ohne Begleitung einen solchen Weg zu machen, wie der nach Cerro del Pasco. Sie wissen doch, daß unsere Straßen von Räubern wimmeln.«

»Ich vertraue auf mein Glück und bin im übrigen auf alles gefaßt«, entgegnete ich, während wir nun gemeinsam unseren Weg fortsetzten. »Meine Pistolen sind gut, meine Hand fest, und das Auge sicher. Das aber sind meiner Ansicht nach in diesem Lande weit bessere Schutzmittel als eine zahlreiche Begleitung.«

»Sie haben recht«, rief mein neuer Gefährte, »und ich gestehe es gern, mit Vergnügen sah ich, daß sie uns ruhig erwarteten, ehe sie wußten, wer wir waren, solcher Kaltblütigkeit allein hatte zum Beispiel mein Vater das Glück zu verdanken, den berüchtigten Räuber José zu erschießen.«

»Wie?« rief ich, »denselben José, von welchem mir so viele fabelhafte Geschichten in Lima erzählt worden sind?«

»Gewiß, derselbe. – Mein Vater war Kaufmann in Lima und kehrte eines Tages mit einer ziemlich bedeutenden Summe nach Hause zurück. Etwa eine Stunde vor der Stadt hatte er eine Brücke zu passieren, die ziemlich lang und schmal war. Kaum hatte er sie auf der einen Seite betreten, als auf der andern die Gestalt Josés auftauchte und ihm ein Halt! zurief.

Sie wissen wahrscheinlich: dieser José war so frech, daß er sich zuweilen in den Straßen von Lima sehen ließ, wo ihn jedermann kannte, denn er hatte früher viele Jahre hindurch dort gelebt, und wie allen großen Räubern verschaffte ihm diese Frechheit und ein gewisser Humor, mit dem er sein Handwerk trieb, einen großen Ruf im Volke. Mein Vater hielt beim Anblick des Räubers sein Pferd an und rief: »José, bei der heiligen Jungfrau, du hast Glück! Sieh, wäre meine Pistole geladen, du kämst mir nicht so davon!« José lachte, und sichergemacht durch diese Rede kam er stolzen Schrittes über die Brücke. Als er dicht vor meinem Vater stand, schoß ihm dieser plötzlich eine Kugel durch den Kopf.

Wir waren, wie sie sehen, auf dem besten Wege, uns die Einförmigkeit der Reise durch Unterhaltung zu kürzen, als der indianische Diener seinem Herrn auf die Fußtritte aufmerksam machte, die an einer sumpfigen Stelle seitwärts vom Wege ein Maultier zurückgelassen hatte. Ich begriff nicht recht, welches Interesse gerade diese Spur erregen konnte, der Diener bemerkte, das wären die Fährten eines Maultieres, wie es nur vornehme Damen ritten.

Herr und Diener wechselten dann einige Worte halb leise, und beide wurden schweigsam. Bald häuften sich auch die Schwierigkeiten des Weges so, daß jeder vollauf mit sich und seinem Tiere zu tun hatte. Der mitten durch den Sumpf geführte Sumpfpfad bot an manchen Stellen den klugen Maultieren nirgends einen sicheren Schritt. Häufige Regengüsse während der vergangenen Tage hatten die niedrigen, mit kümmerlichen Riedgras bewachsenen Plätze der Bergwiese in dampfende Lagunen verwandelt, die mühsam umritten werden mußten. Im aufgeweichten Boden versanken die Tiere bis über die Knie, und wo die wankende Pflanzendecke unter der Last des Maultieres zu schwanken begann, da schnaubten diese ängstlich und blieben zitternd stehen. Der Indianer war uns hier von wesentlichem Vorteil, er kannte die Gegend genau, schaffte überall Rat und half den versunkenen Maultieren mit solcher Gewandtheit wieder auf die Beine, daß ich mir im stillen Glück wünschte, solche Gesellschaft gefunden zu haben.

Nach mehreren Stunden erreichten wir endlich das Ende dieser wüsten, lebensarmen Hochebene und mit ihm den Fuß des langgedehnten wilden Gebirgskammes von Olachin, an dem nun weiter der Weg steil aufwärts führte. Die Mittagssonne brannte mit sengender Glut gegen die kahlen Felswände, matt klimmten die erschöpften Tiere empor, bis wir eine Schlucht erreichten, deren überhängende Steinmassen Schatten und Kühle versprachen. Hier machten wir halt. Spuren vieler Maultiere bewiesen, daß dieser Punkt ein gewöhnlicher Halteplatz der Reisenden war. Rasch wurde abgesattelt, um aus den Decken und dem Sattel ein Kopfkissen zu bereiten, und froh der überstandenen Gefahren und Mühseligkeiten hoffte ich, einige Stunden der Ruhe pflegen zu können. Aber kaum hatte ich die erlahmten Glieder ausgestreckt, als der in der Schlucht umherspürende Indianer irgendwelche Entdeckung machte. Ein halblauter Ausruf der Freude von ihm machte uns aufmerksam, er kam und zeigte seinem Herrn eine kleine silberne Platte, wie sie die reichen Peruaner mit ihrem Namenszuge vielfach am Pferdegeschirr zu tragen pflegen.

Wie von der Tarantel gestochen fuhr mein Nachbar beim Anblick dieses Plättchens empor, warf auf mich einen raschen forschenden Blick und eilte, seinem Diener winkend, aus dem kühlen Schatten des Felsüberhanges hinaus ins Freie. Nach einigen Minuten kehrte er zurück und erklärte mir mit leidenschaftlicher Hast, daß er sogleich aufbrechen müsse; wolle ich ihn begleiten, so sei ihm meine Gesellschaft angenehm, aber für ihn sei es unmöglich, länger zu bleiben.

Einen Augenblick lang ging ich mit mir zu Rate, was ich zu tun hätte. Die Beschwerden des Weges, den wir eben zurückgelegt hatten, erinnerten mich einerseits lebhaft an die Hilfe, die mir durch diese Begleitung geworden, andererseits mußte ich mir sagen, daß mein Gefährte irgendeinen Zweck verfolge, den er mir nicht nennen möchte, und dergleichen Dinge sind in Peru oft so gefährlicher Natur, daß der Fremde in den meisten Fällen gut tut, davon fernzubleiben. Doch entschloß ich mich, in der Gesellschaft zu bleiben.

Bald waren wir wieder auf dem Wege, der jetzt furchtbar steil zur Höhe des Gebirgskammes emporstieg. Keuchend kletterten unsere ermatteten Tiere von Stein zu Stein, aber während ich die gutwillige aufopfernde Anstrengung bewunderte, mit der diese Geschöpfe dem Menschen dienen, trieb mein junger Begleiter ungeduldig und wie von innerer Hast geängstigt, unablässig vorwärts. Es war für mich ein schwerer Nachmittag, und ich bedauerte bald meinen Entschluß; gern wäre ich zurückgeblieben, wenn an dem kahlen Steinrücken nur eine einzige schattige Stelle aufzutreiben gewesen wäre. Mit Sehnsucht erwartete ich die Kühle des Abends, aber als sie endlich kam, hatten wir bereits eine Höhe von mehr als zehntausend Fuß erreicht, und ich fühlte an den heftig pochenden Pulsschlägen, am mühsamen Atmen und der auf und ab wogenden Brust, daß meine Kräfte bald zu Ende sein würden.

Grenzenlose Müdigkeit überfiel mich, ich raffte meine ganze Energie zusammen, machte halt und sagte zu meinem Begleiter: »Bis hierher und nicht weiter!«

»Seien sie kein Tor«, entgegnete dieser, »in etwa einer halben Stunde erreichen wir eine menschliche Wohnung, die Fonda Nevada, und in dieser Gegend ist ein schützendes Dach eine große Wohltat.«

Diese Worte gaben mir frischen Mut, ich stieg ab, denn mich fing stark an zu frieren, und mochte etwa eine halbe Stunde lang mich noch fortgeschleppt haben, als mein Begleiter haltmachte.

»Ich bleibe hier zurück«, sagte er, »mein Diener wird sie bis zur Venta begleiten, sollten sie dort andere Reisende treffen, so hoffe ich, sie werden nicht erwähnen, daß sie mich zurückgelassen.« Nach einer Pause setzte er hinzu: »Es tut mir leid, Ihnen über die Sonderbarkeit meines Betragens jetzt keine Aufklärung geben zu können, vielleicht vermag ich dies später. Leben sie wohl.«

Die Anstrengung des Tages war so groß gewesen, daß ich ohne zu antworten, stumpfsinnig meinen Weg fortsetzte, indem mich der Indianer begleitete. Noch ehe ich die Venta sah, scholl mir wüster Lärm und rohes Gelächter entgegen. Endlich standen wir vor einer ansehnlichen Steinhütte, aus deren Fenster uns ein trübes Licht entgegendämmerte. Ein großes Fell verschloß die Türöffnung.

Der Indianer nahm mir mein Maultier ab, um es hinter der Hütte an einen Stein zu binden, sagte mir, er käme gleich nach, und stieß mich in das Innere der Hütte.

Dicker Tabakdampf füllte die Zimmer; um einen rohen Tisch saß eine Gesellschaft von sechs Personen, Würfel spielend, schreiend, trinkend, zankend; wüste Gesellen zum Teil, mit scheußlichen Galgengesichtern, auf denen alle Laster ihre Spuren hingegraben hatten.

Als mich der Wirt, ein kurzer dicker Bursch, erblickte, redete er mich sogleich spanisch an, mein blondes Haar verriet ihm auf den ersten Blick den Fremden. Er bedauerte, mir keinen besonderen Raum anweisen zu können, denn Senjor Ugarte mit seiner Tochter übernachteten gleichfalls bei ihm, doch werde er sein möglichstes tun, mich auf das beste zu bewirten.

In der Tat brachte er auch bald einige Stärkungen an, die mir einen Teil meiner Geistes- und Körperkräfte wiedergaben.

Der Indianer kam bald mit meinem Gepäck, machte mir ein Lager auf dem Erdboden zurecht und bewies sich so geschäftig gegen mich, als sei er mein eigener Diener.

Es dauerte indes noch lange, ehe ich zur Ruhe kam. Die Gesellschaft am anderen Tische wurde um so lauter, je tiefer die Nacht hereinbrach. Alle waren Indianer, drei davon, wie mir der Wirt erzählte, die Diener des Herrn Ugarte, die anderen Bergleute aus Cerro del Pasco, die dort eine reiche Silbermine, eine sogenannte Bova, ausgebeutet hatten und nun mit ihrem erworbenen Reichtum in die Heimat zurückkehrten.

Ich war erstaunt über die Summen, um die sie spielten, und über die Masse geistiger Getränke, die sie verschlangen. Ihr Rausch ging allmählich in eine wüste Betrunkenheit über. Der eine warf im Übermut eine goldene Uhr gegen die Wand, ein zweiter zerschlug mit einem dicken kurzen Stock die Flaschen, und der Himmel mag wissen, wann dieser Unfug ein Ende genommen hätte, wäre nicht unter ihnen selbst Streit ausgebrochen, der so blutig endete, daß zwei von ihnen bewußtlos zu Boden sanken. Der Wirt schien mit solchen Szenen vertraut, er verband den einen Verwundeten mit einem rohen Leinwandlappen, ließ sich von den anderen eine enorme Rechnung bezahlen, und als er sich überzeugt, daß jeder seinen Platz gefunden habe, wünschte er mir eine gute Nacht, löschte das Licht aus und verschwand.

Ich bin später in Cerro del Pasco, das noch 3000 Fuß höher liegt, oft Zeuge solcher Szenen gewesen, denn der große Silberreichtum dieser Gegenden verlockt die Besitzer der Minen zu enormer Verschwendung und zu dem unsinnigsten Spiel. Die Arbeiter dagegen sind, solange nicht ein sehr reicher Metallgang aufgefunden wird, auf ihren Tagelohn angewiesen, bekommen aber einen Anteil des Erzes, so wie der Ertrag reicher wird. Dann verdienen sie oft in kurzer Zeit große Summen, die sie aber, den rohesten Leidenschaften hingegeben, wieder verschleudern.

Ich hatte mehrere Stunden geschlafen, als mich plötzlich neues Lärmen weckte. Erschrocken blickte ich auf. In der Tür stand Signor

Ugarte im Nachtkleide, schreiend und wutschäumend bemüht, seine Diener zu wecken.

»Meine Tochter ist entführt«, schrie er den schlaftrunkenen zu, »auf, sattelt, daß wir den Hund noch einholen!«

»Ich sah mich nach meinem Indianer um – er war verschwunden. Mir wurde plötzlich alles klar, aber ich fand für gut zu schweigen, wendete mich auf meiner Lagerstätte um und versuchte ein wenig zu schlafen.

»Tausend Dollar demjenigen, der sie einholt«, schrie Don Ugarte, und in wenigen Minuten hörte ich die Fußtritte der zu höchster Eile angetriebenen davoneilenden Maultiere.

Für den Rest der Nacht war meine Ruhe dahin; das Schicksal meines gestrigen Gefährten und der wahrscheinliche Ausgang seines gewagten Abenteuers beschäftigten lebhaft meine Phantasie. Die wenigen Bruchstücke, welche ich miterlebt, reichten hin, mir die ganze Geschichte einer südlichen leidenschaftlichen Liebe aufzubauen, und so wenig ich auch imstande war, das Betragen meines Reisegefährten zu rechtfertigen, so wünschte ich ihm doch von Herzen Glück.

Als ich am nächsten Morgen meine Zeche bezahlte, frug mich der Wirt mit einem eigentümlich schlauen Blicke, wo mein Diener geblieben wäre.

»Fort ist der Schuft«, sagte ich, »wahrscheinlich will er die tausend Dollar verdienen helfen, die der alte Herr dem versprach, der ihm wieder zu seiner Tochter verhelfen würde.«

Der Wirt lächelte schlau, als wolle er zeigen, daß er sehr wohl die Sache durchschaue; ich aber sagte mit einem herzlichen »Gott sei Dank« der unruhigen Herberge Lebewohl und setzte meinen Weg nach Cerro del Pasco fort. Nach einigen Stunden mühsamen Kletterns erreichte ich endlich die Höhe des Gebirgsstockes. Eine großartige, aber unglaublich öde Aussicht eröffnet sich hier dem Blicke des Reisenden. Ein rings von steilen nackten Bergen umschlossenes Kesseltal dehnte sich vor mir aus. Sümpfe und Lagunen durchziehen das Tal, ringsum die Stille des Todes und überall Erstarrung, nirgends eine Spur des Lebens. Doch nein, dort in der Ferne wirbelt eine leichte Rauchsäule in die dünne reine Atmosphäre empor, dort liegt Cerro del Pasco fast 14 000 Fuß über der Meeresfläche erhaben. Die Stadt verdankt ihre Existenz in dieser schauerlichen Einöde dem Silberreichtum des Bodens. Vor zweihundertfünfzig Jahren wurde die erste Mine angelegt, die heut noch abgebaut wird. Enge, krumme, schmutzige Straßen, in denen die elenden Hütten der Indianer mit den stattlichen Wohnungen der Minenbesitzer abwechseln, gewähren einen traurigen Anblick. Ringsum ist der Boden durchwühlt, mehr als tausend Eingänge führen in die nachlässig angelegten Schächte hinab. An rostigen Ketten oder halb vermoderten Stricken lassen sich die Arbeiter hinab, die sämtlich Indianer sind und der verworfensten Menschenrasse angehören. Die Besitzer der Bergwerke sind meist Sprößlinge alter spanischer Familien, aber in ihrer Weise nicht minder entartet als die Arbeiter, sinnlose Verschwendung und Hasardspiel sind nirgends in der Welt so häufig als hier, nirgends aber treten die Folgen davon auch so grell und abschreckend hervor.

Am dritten Tage nach meiner Ankunft in der Stadt klopfte es gegen Abend leise an meine Tür, und zu meiner großen Freude trat der indianische Diener meines Reisegefährten ins Zimmer. Ängstlich bat er mich, ihn zu begleiten. Ich ahnte Unglück, und in der Tat führte er mich zu seinem Herrn, den ich totkrank an einer gefährlichen Schußwunde daniederliegend und in wilden Fieberphantasien im Bette fand. Es gab wenig Zeit zu fragen, ich eilte vielmehr, die Wunde zu untersuchen, gab dem Diener die nötigen Anweisungen, und erst als mich der Diener wieder in meine Wohnung führte, warf ich die Worte hin: »Ihr seid unglücklich gewesen in Euerm Abenteuer.«

»Ja, Herr, sehr«, war die kurze lakonische Antwort.

»Und die Dame?« frug ich weiter.

»Still, Herr«, und nach einem Moment des Schweigens flüsterte er: »Don Ugarte hat die Tochter ins Kloster gesperrt.«

Der Kranke erholte sich unter meiner ärztlichen Pflege bald, und als ich ihn außer Gefahr sah, eilte ich, die Stadt auf einige Wochen zu verlassen, um einen größeren Ausflug in die östliche Montagna zu machen.

Die geheimnisvolle Art, wie ich den Kranken stets besuchen mußte, hatte für mich etwas Peinigendes, sein Aufenthalt in der Stadt war offenbar nur wenigen Personen bekannt.

Als ich nach etwa zwei Monaten zurückkehrte, war es eines meiner ersten Geschäfte, meinen früheren Patienten aufzusuchen. Ich fand ihn nicht mehr. Traurig erzählte mir der Diener, daß der beleidigte Vater endlich doch den Aufenthalt seines Herrn ausgekundschaftet habe. »Ich habe ihn wohl gewarnt«, sagte schluchzend der treue Indianer, »und zweimal habe ich ihn aus den Klauen gedungener Meuchelmörder errettet, aber, er war zu leidenschaftlich, zu kühn. Seit einer Woche ist er spurlos verschwunden, und ohne Zweifel ist seine Leiche in eine der tausend verlassenen Gruben gestürzt woden, die hier den Boden durchziehen.«

Das, lieber Freund, sind die letzten Nachrichten, die ich über den jungen Martinez erfahren. Sie werden nun mein Erstaunen begreifen, wenn ich Ihnen sage, daß der Mann, den wir vorhin in jenem eleganten Wagen sahen, so vollständig die Züge jenes Unglücklichen trug, daß ich schwören möchte, er selbst sei es gewesen.«

»Lassen Sie uns näher nachforschen!«

Schon zwei Tage, nachdem mir der Arzt dieses Abenteuer mitgeteilt hatte, trat er lachend in mein Zimmer.

»Es ist richtig mein Martinez, den wir neulich gesehen haben. Ich habe ihn gestern gesprochen, und nicht bloß ihn, sondern auch seine junge Frau, die in der Tat so schön ist, daß man ihrethalben schon einige Dolchstiche ertragen kann.«

»Ich bin begierig, die Lösung dieses Rätsels zu erfahren«, rief ich in hohem Grade neugierig.

»Die Sache ist sehr einfach«, sagte der Arzt, »ich hätte mir's denken können, daß ein peruanischer Diener auch lügt, wenn er Tränen im Auge hat. Als Martinez sich nach seiner Genesung von dem gedungenen Mörder seines jetzigen Schwiegervaters verfolgt sah, mußte sein Diener wiederum diesem auflauern, und zwar in der Absicht, ihn für seine Zwecke zu gewinnen. Es gelang. Martinez verschwand für einige Zeit, der gedungene Mörder behauptete gegen Ugarte, den ihm gewordenen Auftrag erfüllt zu haben. So war der Vater sichergemacht, und alles kam darauf an, das Geheimnis auf jede Weise zu bewahren. In dieser Zeit suchte ich den Diener auf, und ich war dumm genug, ihm zu glauben.

Nach ungefähr halbjährigen unausgesetzten Bemühungen gelang es dem kühnen jungen Mann, seine Braut zum zweitenmal zu entführen, diesmal aus dem Kloster und mit mehr Glück. Jetzt ist er mit seinem Schwiegervater ausgesöhnt und will nächstens in seine Heimat zurückkehren.«

Der Mauritiusturm in Coburg

Eine alte Volkssage

Vor Zeiten, namentlich in der zweiten Hälfte des dreizehnten Jahrhunderts, waren die Grafen von Henneberg gar mächtige Herren und beherrschten einen großen Teil der Lande, welche jetzt den sächsischen Herzogen gehören, sie wurden geachtet im Rate der deutschen Fürsten und galten viel am Hofe des Kaisers. Doch fehlte es ihnen auch nicht an Feinden, und besonders hatten sie manche Fehde mit den Bischöfen von Würzburg und Bamberg auszufechten, also, daß der Vater des Grafen Hermann I. von Henneberg sogar auf Anstiften des Bamberger Bischofs durch Meuchelmord umgebracht worden sein soll. Zum mindesten gewährte der Bischof dem Mörder Schutz und Schirm in seiner Stadt, und Graf Hermann begann darum hartnäckigen Kampf und Streit. Eines Tages aber, als es zu einem harten Strauß mit den Bamberger Reisigen gekommen war, blieb Hermanns Feldhauptmann Sieger und sandte zwölf Gefangene ein nach Coburg, wo sein Herr auf dem stattlichen Schlosse Hof hielt. Es waren alles junge Gesellen, schmucke Knappen, Söhne der Vasallen vom Bamberger Bischof, lustig und guten Mutes, denn sie ahnten nichts Ärgeres als ritterliche Haft, bis zur Auslösung von den Vätern oder dem Bischof, da sie in ehrlicher Fehde dem Feinde in die Hände gefallen waren. Ein einziger unter ihnen machte eine Ausnahme. Älter als sie, zeichnete er sich durch eine widrige Gesichtsbildung aus und konnte kaum eine innere Angst verbergen, so daß man fast sein Herz an dem Harnisch klopfen hörte und ihm mancher kalte Schweißtropfen über die Stirne floß. Alle standen in der großen Schloßhalle, des Augenblicks gewärtig, wo der gestrenge Graf sie in Augenschein nehmen und ihnen vielleicht gar die ritterliche Haft erlassen würde. Doch statt seiner kam vorerst eine dicke, kleine, runde Gestalt die Wendeltreppe herab, es war der Mönch und Schloßkaplan Malchus, und indem er an ihnen vorüberziehen wollte, trat er auf seine Kutte, daß er der Länge nach hinfiel und die jungen Gesellen laut über den sonderbaren Kauz lachten, ja ihn mit Spottreden neckten und den heiligen Mann gewaltig erzürnten. Solcher aber schwieg und ging, als er sich mühsam aufgerafft hatte, hastig davon, denn eben hörte er den Tritt des Grafen, dessen Sporen schon auf den steinernen Stufen klirrten, und welcher im nächsten Augenblick vor den Gefangenen stand. Er hatte ihr Lachen gehört, er sah es noch in allen ihren Mienen.

Ohne jedoch die Ursache davon zu wissen, ergrimmte er darüber, denn er war gar hitzigen, auffahrenden Gemüts, und indem er alle mit ernsten, fast wilden Blicken musterte, fiel sein Auge auf den einzigen unter ihnen, der nicht gelacht hatte, weil sein Verhältnis zum Grafen ein ganz anderes war als das der jüngeren Kampfgenossen. Er hatte den Vater des Grafen erschlagen, und als ihn dieser jetzt ansah, schlug der vorher schon rege gewordene Zorn in die heftigste Flamme auf. Alle wurden sogleich ins tiefe Burgverlies geworfen und gleich gemeinen Knechten gefesselt, zugleich aber ließ der Graf den Scharfrichter aus der Stadt holen und trug ihm auf, um Mitternacht die Gefangenen beim Fackelschein auf dem Rabenstein außen mit dem Schwerte zu richten. Den armen Jünglingen, die gar nicht wußten, wodurch der Graf beleidigt sei, die seinen Ruf: daß sie mit Mördern Gemeinschaft hätten und das Los dieser also teilen müßten, nicht verstanden, weil sie von der blutigen Tat des einen in ihrer Mitte keine Kunde hatten, erfuhren mit Schrecken und Erbleichen, wie ihr letztes Stündlein so nahe sei. Sie jammerten und wehklagten um ihr junges Jeben, das von keiner Freveltat befleckt war, aber nicht minder jammerte und klagte die Gemahlin des Grafen, Frau Jutta, die, selbst Mutter, zwei blühende Söhne im fernen Lande beim Heere des Kaisers hatte und daher mit den schuldlosen Jünglingen inniges Mitleid fühlte. Sie warf sich dem harten Gemahl zu Füßen, rang die Hände und flehte so rührend, daß er endlich die Strafe auf einige nur zu beschränken gelobte, die anderen sollten nur mit ihnen nach dem Hochgericht geführt werden und Zeugen des blutigen Schauspiels sein. Wie oft der Türmer zu St. Mauritius auf sein Geheiß ins Horn stoßen werde, so viele Köpfe sollte der Scharfrichter abschlagen, mehr aber nicht. Mehr konnte die Gräfin vom harten Gemahl nicht erlangen und in ihrer Gegenwart wurden der Türmer sowie der Scharfrichter demnach beschieden. Eine Stunde vor Mitternacht solle der Türmer es erfahren, wievielmal er ins Horn zu stoßen habe. Soviel Silberguldenen ihm ein Edelknabe bringe, so oft müsse er den Totenruf ertönen lassen.

Die Gräfin war jedoch weder mit solcher Begnadigung einiger noch mit der schrecklichen Angst zufrieden, denen auch die Verschonten preisgegeben werden sollten, weil sie, wie der Graf irrig meinte, mit dem Mörder über ihn Kurzweil getrieben hatten, und ließ gleich darauf den Türmer im geheimen nach ihrem Gemach entbieten, wo sie ihn mit Bitten und gütlichen Versprechungen dahin brachte, daß er zwar die Silbergulden vom Grafen anzunehmen, aber hierauf den Turm zu verlassen, ihn wohl zu verschließen und mit den Schlüsseln zu ihr zu kommen versprach, also daß kein Todeszeichen gegeben und vom Scharfrichter also auch keiner hingerichtet werden könnte. In dem Augenblicke aber schlich der Kaplan Malchus hinter der Tapete hervor, segnete und belobte die Gräfin ob solcher Weisheit und Herzensgüte und gelobte der erschrockenen Herrin die größte Verschwiegenheit. Er und der Türmer gingen. Mit klopfendem, zweifelndem und dann wieder hoffendem Herzen schritt die Gräfin auf und ab, bald wies der Zeiger elf Uhr, Graf Hermann trat lächelnd herein, die Hand verschlossen.

»Sieh mal, wie viel Silbergulden ich habe!« sprach er, und ließ sich die Hand mit kleinem Widerstreben öffnen. Einer war nur darin. Der Mörder von des Grafen Vater allein sollte die Tat mit seinem Blute büßen, die andern möchten nur seine Angst teilen. Doppelt beruhigt harrte nun die Gräfin des Türmers. Schon setzte sich den Weg von der Burg hinab der Zug in Bewegung, die Gräfin sah mitleidig lächelnd vom Fenster aus die leuchtenden Fackeln, der alte Türmer kam, wie er versprochen hatte, zitternd und kaum imstande, Atem zu holen, aus Furcht vor dem strengen Grafen. Da tönte laut und schallend in der Ferne der Ruf eines Hornes, der Fackelzug war am Hochgericht. Die Gräfin fuhr zusammen, der Türmer war außer sich, denn der Hornruf kam von seinem Turme. Alle seine Schlüssel waren da, die Pforte unten hatte er fest verschlossen, und jetzt ertönte ein zweiter Ruf, ihm folgte ein dritter, ein vierter, das Blut erstarrte in den Adern der Gräfin, der Türmer liegt jammernd zu ihren Füßen und schwört bei allen Heiligen, daß er unschuldig an dem Gaukelspiele der Hölle sei. Zum fünften und sechsten Male ruft das Horn. Jetzt stürzt Graf Hermann herein, wütend über den Türmer, der, wie er meint, sein Gebot übertreten habe, und den er jetzt neben seiner fast ohnmächtigen Gemahlin knien sieht. Frau Jutta kann nur leise flehen, daß er einen Boten auf dem schnellsten Renner zum Hochgericht hinabsende, schon wieder schallt das Horn, und ehe der Bote ankommt, hat es zum zwölften Male getönt, das letzte Haupt war gefallen. Der Graf, außer sich, war selbst in die Stadt geeilt, nach dem Turme hin, das Pförtlein des Turmes stand offen. Er sprang die Wendeltreppe hinauf. Auf dem Gange, der den schlanken Turm umkreist, sah er eine kleine Gestalt, über die Brustwehr sich lehnend, das schreckliche Horn in der Hand, und in die Luft hinein heulte die Stimme des Mannes: »Ich habe euch vergolten, Buben!« Doch ehe noch das Wort verhallte, hatte der Graf die Gestalt im Nacken gepackt und in die grause Tiefe hinabgeschleudert. Nur einen Schrei des Entsetzens hörte man im Sturze, früh morgens aber fand man am Fuße des Turmes den Leichnam des Mönches Malchus, der auf unerforschte Weise die Tür des Turmes geöffnet und um den Spott der Knappen so unmenschliche Rache genommen hatte.

Solches alles soll sich begeben haben im Jahre 1278, am Sankt-Andreastage, und sooft selbige Zeit wiederkehrte, kam viele Jahre lang, wie man erzählte, ein gespenstiges Wesen um Mitternacht dem Türmer zuvor, wenn er den Umgang halten und den Bewohnern der Stadt mit seinem Horne die Stunde kundtun wollte, welche die Glocke geschlagen hatte. Auf dem Kirchhofe aber und dem Hochgerichte wurde es bei diesem Rufe des Hornes lebendig, und zwölf weiße Schatten begannen einen Reihentanz über den Gräbern nach dem Rabensteine hin, bis der erste Hahnenschrei sie alle wieder zur Ruhe in ihr kühles Bettlein brachte.

W. Scharenberg

Ein Beitrag zur Sittengeschichte der südlichen Staaten von Nordamerika

Ich hatte vor einigen Jahren (so erzählt ein englischer Reisender) mehrere Geschäftsverbindungen in Süd-Carolina, die mich zwangen, das Land zwischen Savannah und Charleston nach verschiedenen Seiten zu durchstreifen und die Gastfreundschaft der Plantagenbesitzer in Anspruch zu nehmen. Einst ritt ich gegen Abend am Rande eines ausgedehnten Sumpflandes hin, welches von allen Seiten von Fichtenwäldern umgeben war, durch die eine Menge sich kreuzender Wege nach allen Richtungen führte. Die herrlichen hohen schlanken Stämme wölben sich hier in ihren Gipfeln zu einem dichten Laubdach und verhindern dadurch so sehr den Nachwuchs des Unterholzes, daß man überall ohne Weg und Steg durch diese Forsten reiten kann. Aber in den Sümpfen wechselt undurchdringliches Gebüsch mit tiefem, ödem Moorgrund. Hier sucht der entflohene Sklave eine vorläufige Zuflucht vor seinen Verfolgern, bis ihm eine günstige Gelegenheit zu weiterem Entkommen geboten wird, oder er schließt sich auch wohl einer Bande an, die von diesen Schlupfwinkeln aus die Plantagen gefährdet und mit gemütloser Grausamkeit Rache nimmt durch Mord und Brand für die Unbilden, die ihnen und ihren schwarzen Brüdern zugefügt wurden. Es gibt aber auch Zeiten, wo ein einsamer Ritt am Rande dieser verrufenen Sümpfe nicht ohne Gefahr ist, und ich war daher froh, als nach einigen Stunden mein Weg seitab in den Wald führte. Mein Pferd schien von gleichen Gefühlen beseelt, und in der Hoffnung des bald überstandenen Tagemarsches setzte es sich in Galopp und trug mich, zwischen den hohen Baumstämmen rechts und links ausweichend, rasch meinem Ziele zu. Wenigstens glaubte ich dies anfangs. Erst als die Dunkelheit hereinbrach und der Wald noch immer sein Ende nicht erreicht hatte, ward ich aufmerksam. Ich hielt an, um meinen Kompaß zu Rate zu ziehen. Rings um mich her herrschte die tiefste Stille, ein Schweigen in der Natur, das ich nur allzu wohl kannte. Es war nicht die friedliche Ruhe des Abends, sondern das erwartungsvolle Schweigen der Natur vor dem Ausbruch eines Sturmes. Mein Kompaß überzeugte mich überdies, daß ich in falscher Richtung geritten war. Meine Lage wurde unangenehm, denn wenn mich auch ein Nachtquartier im Freien nicht schreckte, so wußte ich doch, wie gerade in diesen Gegenden der lauernde Feind des gelben Fiebers fast jeden Europäer ergreift, der in den bösen nächtlichen Ausdünstungen dieser Niederungen sich erkältet. Deshalb suchte ich mich so rasch als möglich zu orientieren, und eilte in etwas veränderter Richtung vorwärts. Die Dunkelheit nahm aber so schnell zu, daß ich genötigt war, Schritt zu reiten und bald meinem klugen Tiere die Wahl des Weges überlassen mußte. Schon rauschten die ersten Windstöße durch die Gipfel der Bäume, als ich vor mir in einiger Entfernung ein Licht zu erblicken glaubte, das hinter den Baumstämmen bald verschwand bald wieder auf einen Augenblick zum Vorschein kam. Laut wiehernd begrüßte das kluge Tier, das mich trug, den gastlichen Herd. In der Tat erreichte ich nach wenigen Minuten das Ende des Waldes und hielt gleich darauf unter den hohen Nußbäumen, welche ein einsames Haus versteckten, vor dem ein lustiges Feuer emporloderte.

Drei alte Negerinnen schürten die Glut und schäumten von Zeit zu Zeit den über den Flammen hängenden Kessel ab. Ihre abschreckend häßlichen Gesichter wurden von dem Feuer wunderlich grell beleuchtet, die tiefe Dunkelheit umher, der Widerschein der Glut im dichten Laube der alten Nußbäume, alles vereinigte sich, die Gruppe zu einer der seltsamsten zu machen, die ich je gesehen habe.

»Guten Abend, Herr! Steigt ab, und seid mir willkommen!« rief vom Hause her eine tiefe Baßstimme, »und du, Tom, nimm dem Herrn das Pferd ab!«

Ein etwa zwölfjähriger Negerknabe sprang herzu, und im nächsten Augenblick schüttelte mir die breitschultrige, wohlbeleibte Gestalt des Pflanzers mit einem abermaligen »Willkommen!« die Hand. »Ihr kommt zu rechter Zeit, Herr, der Sturm wird bald losbrechen, – und heda, ihr Weiber, macht euch herein mit euerm Kessel, löscht das Feuer, und nach dem Abendbrot geht niemand aus! Wohl gemerkt, sonst –«

Er begleitete das letzte Wort mit einer entsprechenden Gebärde, wendete sich dann zu mir und führte mich in sein Haus. – Es war eine kleine bescheidene Wirtschaft, in die mich der Zufall geführt hatte. Mit etwa zwanzig Schwarzen, von denen er die Hälfte seinem wohlhabenderen Nachbar abgemietet hatte, baute der Besitzer Baumwolle und führte heut allein das Regiment, weil sein Sohn auf Wache war.

Die Plantagenbesitzer müssen nämlich bei der großen Anzahl der Schwarzen ohne Unterlaß vor einer Empörung auf der Hut sein. Jeden Augenblick steht daher eine Anzahl Europäer unter den Waffen, und jeder Weiße ist verpflichtet, an diesen oft überaus lästigen Wachen teilzunehmen.

Die Frau des Besitzers lag krank in einem jener beliebten Schaukelstühle, die durch ganz Nordamerika das notwendigste Möbel des Luxus geworden sind. Während die Mahlzeit bereitet wurde, frug sie mich, wie oft ich schon das Fieber gehabt hätte?

»Ich? Oh, ich habe es noch nie gehabt«, antwortete ich, erschreckt über die Voraussetzung, als müsse es sich von selbst verstehen, daß man vom Fieber einige Male befallen worden sei.

»Ich möchte wohl in Eurem Lande leben«, seufzte die Frau, »denn hier gibt es keinen Weißen, der nicht von dieser Krankheit geplagt würde, und wir alle gehen daran zugrunde.«

Es war mir lieb, daß dem Gespräch ein Ende gemacht wurde, indem ein Neger das Abendbrot ankündigte. Mein Wirt vergaß bei der Tafel bald allen Kummer und zeigte die ganze Liebenswürdigkeit eines amerikanischen Pflanzers, dessen höchstes Glück in der Bewirtung seiner Freunde besteht. Er schwor beim vierten Glase, daß er mich unter vierzehn Tagen nicht wieder ziehen lasse, und es bedurfte meiner ganzen Standhaftigkeit, ihm die Notwendigkeit meiner Weiterreise einleuchtend zu machen. Indessen tobte draußen der furchtbarste Orkan. Blitz folgte auf Blitz, das Rollen des Donners brach nicht ab, und der Sturmwind schlug gegen die Fenster des Hauses und rüttelte an dem ganzen Gebäude, als wolle er es aus seinen Fugen heben und davontragen. Zuweilen schien es mir, als ob ich durch das Toben des Gewitters eine menschliche Stimme vernähme, ja endlich glaubte ich sogar das Klopfen an der Haustür zu bemerken. Ich teilte dies dem Wirte mit, der eben eine lange Geschichte erzählte, wie er im vorigen Jahre eine Jagd auf drei entlaufene Sklaven mitgemacht hatte. Der Diener ward hinausgeschickt, um sich zu überzeugen. Nach wenigen Minuten trat er in Begleitung eines jungen Negers ins Zimmer, der zitternd vor Frost und durchnäßt bis auf die Haut an der Tür stehen blieb, aus seinen Kleidern einen Brief hervorsuchte und diesen, der halb zerweicht war, abgab.

»Von wem kommst du?« fragte der Wirt.

»von Obrist Smith; ich soll morgen Antwort zurückbringen.«

Mein Wirt entfaltete mühsam das durchnäßte Papier und entzifferte die halb verschwommenen Zeilen, dann befahl er, für den Boten zu sorgen und meinte, wenn ich nun einmal fest entschlossen sei, morgen meinen Weg fortzusetzen, so treffe sich die Gelegenheit allerdings gut, denn der Bote könne mir zugleich als Führer dienen.

Als ich am nächsten Morgen dankend von meinem freundlichen Wirte schied, stand bereits mein neuer Begleiter, mit einer schweren Bürde beladen, neben meinem Pferde, aber ich war erstaunt über die Umwandlung, welche die kurze Nachtruhe in dem Schwarzen hervorgebracht hatte. Statt des an allen Gliedern zitternden, vom Regen triefenden, schlottrigen Gesellen stand jetzt die jugendlich-kräftige Gestalt eines zwanzigjährigen Mannes vor mir, der trotz seiner schweren Bürde so leicht einherschritt, als ginge er leer. Unser Weg führte anfangs durch wohlbebaute Baumwollpflanzungen hin, in denen bereits unter Aufsicht eines Europäers die Sklaven meines Wirtes arbeiteten. Sie riefen meinem Begleiter so heiter Lebewohl zu und sahen meist so gut gehalten aus, daß ich anfing, meine bisherigen Ansichten über die Sklaverei etwas zu ändern.

Mein Schwarzer schien so vergnügt, plauderte anfangs mit meinem Pferde, dem er alle erdenklichen Schmeichelnamen beilegte, und versuchte endlich auch, wenn auch mit einiger schüchterner Zurückhaltung, mit mir ein Gespräch anzuknüpfen. Ich wußte, wie ungern die Pflanzer es sehen, wenn der Fremde lange Unterhaltungen mit ihren Sklaven hat, und eingedenk der Gastfreundschaft, die ich genossen, und der, die ich von dem Besitzer meines Schwarzen zu genießen hoffte, ließ ich ihn schwatzen, ohne viel zu antworten. Wie alle Neger sprach er sehr ruhmselig von sich selbst, erzählte, wie ihn sein Herr zwei Jahre vermietet habe, und für jedes Jahr 40 Dollar Miete für ihn bekommen habe. Freilich ein sonderbarer Stolz, über den sich traurige Betrachtungen anstellen lassen, gleichwohl deutete er hier doch auf ein gewisses Ehrgefühl, auf ein Streben nach Auszeichnung, das in seiner Grundlage selbst vielen Europäern nicht immer innewohnt.

Bald aber wurde unser Gespräch durch die Schwierigkeit des Weges abgebrochen. Denn kaum hatten wir den Wald erreicht, als die Verwüstungen des gestrigen Unwetters sich überall sichtbar machten. Hier sperrten große Massen umgestürzter Baumstämme unseren Pfad, dort hatte sich der feucht-niedrige Grund in einen sumpfigen, schlammigen Pfuhl oder in einen kleinen See verwandelt, aus dem die gewaltigen Gipfel der zerbrochenen Fichten wie Inseln hervorragten, und es bedurfte aller Vorsicht, aller Ortskenntnis meines Führers, um hier nicht zu verunglücken. Nicht ohne Verwunderung sah ich den Eifer, ja die hastige Eile, mit der er vorwärtsdrang und jedes Hindernis zu überwinden suchte. Die Hitze des Tages ward immer drückender, mein Pferd war mit Schaum bedeckt, obgleich ich doch nur langsam vorwärts kam, und ich selbst war durch die bloße Bewegung des Tieres schon so warm geworden, daß ich von Zeit zu Zeit dicke Schweißtropfen von der Stirn wischen mußte, aber mein Schwarzer eilte mit seiner schweren Bürde immer vorwärts, und als der Weg wieder etwas besser wurde, forderte er mich sogar auf, zu traben. Das war mir denn doch ein wenig zu viel.

»Nein, Freund, hier wollen wir vielmehr rasten und unser Mittagmahl verzehren, wir kommen wohl noch vor Nacht nach Hause.«

Etwas bestürzt, wie es schien, hielt mein Begleiter gleichfalls an, warf aber doch seine Bürde von sich und half mir beim Absteigen.

Ein so auffallender Arbeitseifer bei einem Neger mußte doch wohl seinen besonderen Grund haben, und in der Tat durfte ich auf dessen Enthüllung nicht allzu lange warten.

Als ich dem Schwarzen einen Becher Wein eingeschenkt hatte, sprang er wie begeistert in die Höhe und rief: »Massa, Massa, Herr, heut abend ist meine Hochzeit!«

»Wie, deine Hochzeit?«

»Ja, Herr, wenn wir zeitig genug nach Hause kommen, oh, und wir werden bei Sonnenuntergang eintreffen, ich weiß es!«

Er sprang bei diesen Worten umher, wie ein Schulknabe, der eine Brezel geschenkt bekommen, und benahm sich vor Ausgelassenheit wirklich wie ein Kind.

»Und wer ist deine Braut?« frug ich, um ihn nur wieder zur Ruhe zu bringen.

»O Herr, es ist die schönste der Schwarzen in ganz Carolina, oh, sie ist schön wie die Sterne und lieblich wie der Mond in einer Frühlingsnacht.«

»Ich zweifle an ihrer schwarzen Schönheit nicht«, erwiderte ich lächelnd, »aber ich fürchte, durch deine Beschreibung wird sie für mich nicht kenntlich werden.«

»Nun Herr, sie ist die Tochter des alten Nero und war früher auf dem Hühnerhofe des Herrn, als aber der alte Nero gehenkt wurde, weil er den Aufseher gestochen hatte und davongelaufen war, kam sie in die Küche, und dort hilft sie jetzt dem Koch. O Herr, sie ist schön wie eine Blume und mild wie die Taube des Waldes.«

»Gut«, rief ich, »packe auf, sattle das Pferd und laß uns weitereilen, ich will deiner Sehnsucht kein Hindernis abgeben.«

Mit unglaublicher Schnelligkeit waren diese Vorkehrungen getroffen, und der Neger trabte elastischen Schrittes unter seiner schweren Bürde vor mir her, bis wir nach einigen Stunden wieder bebautes Land und bald darauf eine gut unterhaltene Straße erreichten. Hier fand sich auch ein Wirtshaus, und um meinem armen Tiere etwas Ruhe zu gönnen, hielt ich an und trat in das Gastzimmer, während der Neger sich draußen an der Tür niedersetzte.

Im Zimmer fand ich zu meiner Überraschung eine Familie deutscher Auswanderer. Ich redete sie an und erfuhr, daß sie vor fünf Jahren nach Carolina eingewandert seien, weil man ihnen einen sehr hohen Tagelohn für ihre Arbeiten zugesichert hatte. Einer der größeren Grundbesitzer hatte den Versuch machen wollen, mit freien Arbeitern gegen die Sklavenbesitzer zu konkurrieren. Und der Versuch war über alle Erwartung gelungen, die Arbeiter befanden sich wohl, und der Besitzer machte gute Geschäfte.

»Aber warum sind Sie jetzt im Begriff, unter solchen Umständen das Land wieder zu verlassen?« frug ich erstaunt.

»Ei, Herr, weil hier jeder verachtet wird, der sich durch seiner Hände Arbeit nährt«, antwortete mir der Mann. »Sehen Sie, die Leute haben sich hier daran gewöhnt, daß der Arbeiter ein Sklave sei, und überall begegnet man uns mit Verachtung. Deshalb wollen wir jetzt nach Norden, wo es keine Schwarzen gibt und wo Arbeit nicht schändet sondern ehrt.«

Ich mußte dem Manne recht geben und glaube in der Tat, daß in den wenigen Worten, die er zu mir sprach, das ganze Geheimnis verborgen liegt, warum die Sklavenstaaten nicht so gedeihen wie die andern.

Die Sonne ging noch lange nicht zur Rüste, als wir das Ziel unseres Tagemarsches, die Plantage des Obristen Smith erreichten, ein schönes, großartiges Anwesen. Alles zeugte von Wohlhabenheit und vom Geschmack des Besitzers. Ich eilte, meine Empfehlungsbriefe abzugeben, und ward auf das freundlichste empfangen. Neger in stattlichen Livreen wiesen mir mein Zimmer an, und als ich den Staub der Reise abgeschüttelt hatte, eilte ich hinab in den Empfangsraum, um mich meinem neuen Wirte persönlich vorzustellen. Ich fand ihn in Gesellschaft mehrerer Herren, unter denen auch ein Geistlicher der anglikanischen Kirche war. Alles atmete die Behaglichkeit und den Komfort eines guten englischen Hauses, wenn auch der Ton des Gespräches und der Inhalt der Unterhaltung nicht ganz mit dem Luxus harmonierte, welchen die Einrichtung des Hauses zeigte; denn sie hielten die Mitte zwischen denen der kleineren englischen Pächter und derjenigen von etwas verwilderten Fuchsjägern. Pferde, Hunde, Sklaven und Baumwolle waren die Hauptgegenstände, von denen man sprach. Ich wandte mich an den Geistlichen und erzählte ihm, mit welcher Sehnsucht und Freude mein heutiger Führer die Hochzeit zu erwarten schien.

»Das wußte ich«, rief lachend der Wirt dazwischen, »drum schickte ich den Burschen gestern den weiten Weg. Ich möchte nicht jeden meiner Sklaven mit solchem Auftrag in jene Gegend senden, denn nicht jeder würde zurückkommen. Aber, nicht wahr, Mr. Edward, Sie machen die Zeremonie noch vor Tische ab, damit wir nachher beim Glase nicht gestört werden?«

»Sehr gern«, entgegnete der Geistliche, und indem er sich zu mir wandte, setzte er hinzu: »Vielleicht wohnen Sie der Feierlichkeit bei, da Ihnen unser Land noch neu ist, denn von den übrigen Herren darf ich wohl keinen bemühen?«

»Um Gottes willen nicht, Mr. Edward«, riefen fast zu gleicher Zeit sämtliche Herren dazwischen.

»Nun, so lassen Sie uns gehen«, sagte der Geistliche etwas ernst, und als ob er das laute Lachen seiner Freunde entschuldigen wollte, fügte er auf dem Wege nach der Kirche hinzu: »Die Herren sind gegen die Trauungsfeierlichkeiten bei Sklavenhochzeiten etwas gleichgültig, weil durch den häufigen Verkauf und Wechsel der Schwarzen die Zeremonie allerdings etwas illusorisch ist.«

»Wieso?« frug ich überrascht, »trennt man denn zuweilen so feierlich geschlossene Ehen durch Verkauf des einen Teils wieder?

»Jawohl, mein Herr, man tut dies sogar grundsätzlich. Unsere Verhältnisse sind derartig, daß die Existenz der Plantagenbesitzer sich nicht vereinigen läßt mit dem Familienleben der Schwarzen.«

»Aber auf diese Weise leben ja die Gatten nach deren Verkauf zeitlebens getrennt?«

»Wohl, aber man macht ihnen Hoffnung, nach einigen Jahren guter Führung sie wieder zu verheiraten und verhindert dadurch nicht nur die allzu rasche Vermehrung der Neger, sondern gewinnt auch ein Mittel, ihren Fleiß anzuspornen. Es wird natürlich jede Ehe für aufgelöst erklärt, sowie ein Verkauf des *einen* Gatten erfolgt.«

Wir waren bei diesen Worten an der Kapelle angekommen und fanden hier auf der einen Seite die Braut mit einigen anderen Negerinnen, sämtlich in weißen baumwollenen Kleidern und auf das lächerlichste aufgeputzt, auf der andern Seite dagegen den glücklichen Bräutigam mit einigen anderen Sklaven. Die Zeremonie bot nichts Bemerkenswertes dar, es war die gebräuchliche Trauungsformel der englischen Kirche. Doch bemerkte ich, daß eine der Negerinnen während der Trauung ein Band vom Kleide der Braut löste und dem Bräutigam zusteckte.

Später erzählte man mir, daß dies geschehe, weil die Schwarzen glaubten, durch dies Mittel die Trennung der Ehegatten zu verhindern.

Kaum hatte die Gesellschaft die Kirchtür hinter sich, als sie sich der ausgelassensten Freude hingab. Bald ertönte Musik, und ich sah mit Vergnügen dem Tanze im Freien eine Zeitlang zu. Die Braut war wirklich für eine Negerin sehr schön, und ich begriff jetzt die poetischen Übertreibungen, mit denen der glückliche Bräutigam mir heute früh ihre schwarzen Reize geschildert hatte.

»Wollt ihr uns Hungers sterben lassen wegen einer Negerhochzeit?« rief uns der Wirt von der Veranda des Hauses zu, und wir eilten zu Tische.

Alle diese Umstände würden meinem Gedächtnisse längst unter der Masse anderer Eindrücke entschwunden sein, hätte nicht drei Monate später der Zufall mich zum Zeugen eines entsetzlichen Ereignisses gemacht, das durch seine grauenvolle Entwicklung für immer meiner Seele eingeprägt bleiben wird.

Ich befand mich damals auf der Rückreise von New-Orleans nach Boston mit vielen anderen Passagieren an Bord eines Dampfschiffes, das in den meisten Hafenstädten landete, um Waren und Menschen abzusetzen und aufzunehmen, wir hielten zwei Tage in Savannah, und ich blickte vom Schiffe öfters hinüber nach den grünblauen Waldungen, in denen ich mich vor einigen Monaten umhergetrieben hatte.

Die Unterhaltung an Bord war meist sehr lebhaft, die Passagiere aus dem Norden debattierten mit ihren südlichen Nachbarn oft heftig über die Sklavenfrage und waren meist die entschiedenen Gegner des neuen Gesetzes, wonach die entlaufenen Sklaven, auch wenn sie das Gebiet der freien Staaten betreten haben, von den Behörden festgenommen und ausgeliefert werden müssen. Unsere Reisegesellschaft wuchs in Savannah bedeutend an; mehrere Pflanzer hatten in Süd-Carolina Sklaven gekauft und führten sie auf dem Schiffe nach Charleston.

Sei es, daß man den unglücklichen Gegenstand des Streites nicht erst den Augen der Passagiere bloßstellen wollte, oder waltete irgendein anderer Grund ob, genug, die Schwarzen wurden während der Nacht, kurz vor dem Lichten der Anker, aufs Schiff gebracht. Als ich am nächsten Morgen auf dem Verdeck saß und mit mehreren anderen Reisenden die köstliche Frische der Seeluft einatmete, während das Schiff mit dem günstigsten Winde rauschend die blauen Wellen teilte, entstand plötzlich auf dem Vorderteile ein bedeutender Lärm. »Ein Schwarzer, ein Schwarzer!« riefen mehrere Stimmen wild und bunt durcheinander.

»Was gibt's?« rief der Kapitän in unserer Nähe, aber in demselben Augenblick schleppten bereits die Matrosen einen sich nach Kräften sträubenden Neger herbei. Die ganze Gesellschaft auf dem Schiffe lief zusammen. Alle drängten sich in dichtem Kreise um den Unglücklichen. Alles schrie, fluchte, lachte; es war augenblicklich eine Szene der wildesten Verwirrung.

»Können Sie mir sagen, was eigentlich hier vorgeht?« frug ich einen ältlichen Herrn, der gleich mir hinter dem dichten Kreise der Neugierigen stand.

»Wohl, mein Herr; während der Nacht hat sich ein Schwarzer auf das Schiff geschlichen und bis jetzt verborgen gehalten, er sagt, seine Frau sei unter den Sklavinnen, die im unteren Raume liegen.«

Mehr konnte ich nicht verstehen, denn bereits verwandelte sich unter den Passagieren der Streit in wahren Tumult. Die aus den nördlichen Staaten riefen einmal über das andere: »Unmenschlich, grausam, tyrannisch usw.«, während ihre Gegner mit: »Verführer, Empörer, Maulmacher u. dgl.« antworteten. Es war eine Szene, wie ich sie in Amerika selbst bei höchst aufregendem Streite nie wieder erlebt habe.

Endlich gewann der Kapitän so viel Raum, daß er Ruhe gebieten konnte, und zu meinem Erstaunen gehorchte man.

»Sie mögen ganz Recht haben, meine Herren«, sagte er mit vieler Ruhe, »wenn Sie von Menschenrechten und dergleichen sprechen, das habe ich nicht zu untersuchen; aber Sie werden auch einsehen, daß ich als Kapitän an die nun einmal bestehenden Gesetze gebunden bin. Ändern Sie diese Gesetze, ich bin zufrieden damit; aber solange dies nicht geschehen ist, wird keine Gewalt der Erde mich dahin bringen, daß diese an Bord meines Schiffes verletzt werden. Der Schwarze ist entsprungen, und ich bin verpflichtet, ihn im nächsten Hafen der Behörde zu überliefern. Und wer hat dagegen etwas einzuwenden?«

Bei dieser kräftigen Rede hatte sich der Kreis um den Neger allmählich erweitert, aber wer beschreibt meinen Schreck, als ich in dem Unglücklichen plötzlich den jungen Mann erkannte, dessen Hochzeit ich vor wenigen Monaten beigewohnt hatte. In demselben Augenblick erkannte er auch mich, stürzte sich plötzlich zu meinen Füßen, umklammerte meine Knie, und mit dem Tone der tiefsten Verzweiflung rief er:

»O Herr, Herr, rettet mich! Ich will ja Euer Sklave sein und arbeiten treu bis in den Tod, aber trennt mich nicht von meinem Weibe, meinem geliebten Weibe! O Herr, habt Erbarmen mit meinem Unglück!«

Nicht sowohl die Worte als vielmehr der Ton der Stimme hatten etwas so furchtbar Ergreifendes, Nervenerschütterndes, daß auch die rohesten unter den Umstehenden verlegen zur Erde sahen.

Ratlos blickte ich um mich und suchte in den Augen des Kapitäns irgendeinen Hoffnungsstrahl. Starr hing der Blick des Negers an meinen Lippen, mir war, als sollte ich ein Todesurteil sprechen. Lautlos stand um mich her der Kreis der Passagiere, es war eine feierliche Stille.

Da wischte der Kapitän eine Träne aus seinem Auge, und mich bedeutsam anblickend, schüttelte er traurig den Kopf.

»Armer, armer Mensch«, rief ich unwillkürlich, »ich kann dich nicht retten!«

»Nein«, sagte feierlich der Kapitän, »Sie können es nicht, keiner von uns kann es, er ist dem Gesetz verfallen, und das ist stärker als wir. Bringt den Unglücklichen hinab, aber bindet ihn nicht unnötig fest, er kann hier nicht entschlüpfen.«

Man schaffte ihn fort. –

Ich will kurz sein, denn noch steht vor meinem Gedächtnis zu lebhaft die Katastrophe. Nach einer Stunde fand man den Neger in seinem Blute schwimmend auf dem Boden seines Gefängnisses liegen. Er hatte sich den Hals durchschnitten.

Die Moral aber über den Zustand der Sklavenstaaten mache ein jeder sich selbst.

Franz Hoffmann

Aufopferung

Man kennt die furchtbare Sitte der Blutrache, die Sitte, Mord zu rächen durch Mord an dem Mörder oder dessen Verwandten, sie gilt bei den Arabern bis auf den heutigen Tag, sie herrschte bis vor wenigen Jahrzehnten noch bei den Bewohnern der Insel Korsika.

Die korsischen Familien der Bandello und Paoli übten sie. Zuerst war Carlo Bandello gefallen. Alberto Paoli hatte ihn aus Eifersucht erschossen. Guilielmo Bandello rächte den Bruder, und Alberto Paoli fiel auf der Jagd. Guilielmo Bandello lag eines Morgens tot auf den Felsen der Südküste von Korsika – eine Kugel mitten in der Brust. Sein eigenes Gewehr lag neben ihm, der Schuß noch im Rohre. Ein Fremder also mußte ihn getötet haben, wer anders konnte der Fremde sein als Antonio Paoli. An ihm war die Reihe, Blutrache zu üben an dem Mörder seines Bruders Alberto. Fischer hatten ihn gesehen am Morgen des Tages und in der Nähe des Ortes, wo man Guilielmo tot gefunden. Die Blutrache ging über auf den letzten Bandello, auf Raphael.

Raphael Bandello weinte nicht, als man seinen Bruder zur Erde bestattete. Aber seine Zähne knirschten, seine Augen sprühten, und auf den Lauf seines Stutzens ließ er die Worte gravieren: »Tod dem Antonio Paoli«. So erhielt er die Erinnerung frisch an die Blutrache.

Der Rächer durchflog die Insel nach allen Richtungen und suchte sein Opfer in den verborgensten Schluchten und Tälern des Gebirges. Aber Antonio Paoli war verschwunden, ohne eine Spur zu hinterlassen. Man vermutete, er habe sich selbst verbannt aus dem Vaterlande, um der Blutrache zu entrinnen, die über seinem Haupte schwebte.

Raphael durchreiste, Rache im Herzen, Italien, Frankreich, Griechenland. Jahre verstrichen; er fand sein Opfer nicht, aber die Rache blieb lebendig in seinem Herzen. Sein Stutzen mit der Inschrift »Tod dem Antonio Paoli« erinnerte ihn täglich an sein furchtbares Amt.

Er kehrte endlich müde in die Heimat zurück. Hier lebte er einsam, still und menschenfeindlich auf seinem Schlosse im Gebirge.

Der unbefriedigte Drang nach Rache glühte in seinem Blute und verzehrte seine Jugendkraft. Er wurde alt vor der Zeit.

Da vernahm er, Antonio Paoli sei ein Mönch geworden, ein armer Augustiner, und lebe auf dem St.-Bernhards-Kloster in Unterwallis ein stilles, trauriges Leben voll Mühsal und Aufopferung, beinahe achttausend Fuß hoch über dem Meere, in der eisigen Wüste des Gebirges, wo kein Baum, kein Strauch gedeiht, wo kein grüner Halm der unwirtbaren Erde entsprießt – dort sei er, und ein jammervolles Leben der Buße führe er da.

Raphael Bandello wollte keine Buße, er wollte Rache. Sein halberloschenes Auge sprühte wider von dem alten furchtbaren Feuer. Er sprach kein Wort – aber er lud seinen Stutzen, hing die Jagdtasche über und verließ die Insel. Seine Nachbarn wußten, wohin er ging, und lobten ihn; denn die Blutrache war ihnen heilig.

Raphael bedurfte nicht vieler Tage, um den Fuß des St. Bernhard zu erreichen. Unaufhaltsam trieb ihn sein ungelöschter Durst nach Rache fort über das Meer, über die Ebenen und Berge. Abends langte er in einem Dorfe an. Dort blieb er für die Nacht. Am nächsten Tage sollte Antonio fallen.

Reisende kamen und gingen. Raphael kümmerte sich um keinen von ihnen. Finster saß er in einem Winkel und dachte an den morgigen Tag, an Antonio Paoli, an seine Rache, plötzlich zuckte er zusammen, und seine Finger preßten krampfhaft den Lauf seines Stutzens, der neben ihm an der Wand lehnte. Er hatte den Namen Antonio vernommen; die Reisenden, unmittelbar vom Hospiz des Sankt Bernhard herniedergestiegen, sprachen von Antonio, dem guten Vater Antonio, dem frommen, dem braven, dem sich selbst aufopfernden Vater Antonio. Der Wirt und die Wirtin der kleinen Herberge hörten beifällig zu. Sie mischten sich in das Gespräch, sie schilderten Antonios milde, demütige, immer bereite Barmherzigkeit, sie erzählten, wie oft er sein Leben aufs Spiel gesetzt habe, um fremde Leben zu retten; wie er weder Sturm noch Schneegestöber noch die grimmigste Kälte scheue, um den Reisenden Hilfe zu bringen, die sich in den Schluchten des Gebirges verirrten.

»Aber wir lieben ihn auch alle fast wie die Vorsehung!« sagten sie. »Möge er noch lange leben!«

»Er sterbe!« murmelte zähneknirschend Raphael Bandello und starrte mit funkelndem Auge auf die Inschrift seines Stutzens.

Das Lob des Feindes erbittert das Herz und steigert den Haß. Jeder Blutstropfen in den Adern Bandellos dürstete nach Rache. Am frühen Morgen stand er auf, lud seinen Stutzen mit frischem Pulver und Blei und murmelte: »Tod dem Antonio Paoli.« Dann ging er.

Der Wirt stand in der Haustür und schaute den Himmel an. Schweigend schritt Raphael an ihm vorüber, aber der Wirt hielt ihn auf.

»Geht nicht allein heute, Herr«, sagte er. »Die Wolken verkünden Schnee und Sturm. Wartet lieber einen Tag oder zwei, es wird besser sein.«

»Rache wartet nicht!« entgegnete Raphael und schritt weiter – finster, traurig, entschlossen. Ihn hielt nichts auf, ihn trieb sein Haß.

Heute noch wird dein Blut gerächt sein, mein Bruder Guilielmo! das war der Gedanke, der ihn begleitete, als er die steilen Pfade des St. Bernhard erklomm.

Am Mittag ruhte er eine Stunde, das Haupt gegen einen Felsen gelehnt. Dann ging er weiter, dann stieg er höher, immer höher, seinem Ziele entgegen. Keinen Blick warf er um sich, hinter sich. Sein finsteres Auge ruhte auf dem Boden und schweifte nur zuweilen nach oben hin, nach dem Gipfel des Berges, wo das Hospiz lag, wo der Feind wohnte, den er suchte. Für die erhabene Pracht der Natur, die ihn umgab, hatte er keinen Blick. Er sah nicht die kühn emporragenden Hörner und Kuppen der Riesenberge, um deren Häupter die Wolken spielten, nicht die glänzenden Felder von Schnee und Eis, nicht die prachtvollen Täler mit ihren Matten und Wäldern hinter sich! Er sah nur vorwärts, sah nur die Gestalt des Feindes, den er suchte, sah sie blutend und gebrochenen Auges zu seinen Füßen liegen, wie er Guilielmo, seinen Bruder, vor Jahren zu seinen Füßen liegen gesehen! Im Vorgefühle der gesättigten, der befriedigten Rache lachte er zuweilen dumpf auf, und dann drückte er den Stutzen krampfhaft an sein Herz, den Stutzen, auf dessen Lauf graviert stand: »Tod dem Antonio Paoli.«

Je höher Raphael Bandello stieg, desto eisiger wehte ihm die Luft entgegen, desto schärfer und schneidender durchdrang sie seine

Glieder. Er wickelte sich in seinen Mantel und schritt weiter, unaufhaltsam. Sein Ziel konnte nicht mehr fern sein.

Düstere Wolken kamen gezogen und hüllten ihn ein mit ihrem feuchten Schleier. Finsternis und dichter Nebel umgaben ihn. Sein Fuß glitt aus auf dem eisigen Pfade, den er verfolgte, seine Glieder fingen an zu ermatten; aber Bandello drang vorwärts, unaufhaltsam vorwärts und ruhte nicht.

Plötzlich stöberten ihm dichte Wolken von Schnee entgegen, und heulend brach der Sturm los aus den Schlünden des St. Bernhard. Der Sturm faßte das Gewand des einsamen, düsteren Wanderers mit Gewalt und suchte es ihm von den Schultern zu zerren. Raphael stemmte sich dagegen – der Sturm riß ihn nieder, und die Wolken des fallenden Schnees bedeckten ihn im Nu mit einem weißen Tuche.

Raphael raffte sich wieder auf und drang vorwärts – vorwärts trotz Sturm und Schneegestöber. Aber wo war der Pfad, den er bis jetzt verfolgt hatte? Der weiße, lockere Schnee lag darüberhin, und wirbelnd kamen neue und immer neue Massen, blendeten das Auge des Wanderers, drangen durch die Falten seines Gewandes, und der Sturm, der furchtbare, machte seine ermattenden Glieder zu Eis erstarren. Dennoch – dennoch ging Raphael weiter.

Er schlang sein Gewand noch enger um den Leib und stemmte sich mit Anstrengung aller Kraft gegen die Macht des Sturmes, seine Füße wateten durch den Schnee – oft sank er bis an die Knie hinein – oft glitt er aus und stürzte, aber immer raffte er sich wieder auf und eilte weiter.

So rang er eine Stunde gegen den Sturm und die wirbelnden Schneemassen. Seine Glieder erlahmten allmählich, seine Stirn bedeckte sich mit eisigem Schweiße, sein Blut schien in den Adern zu stocken, seine Kraft schwand dahin – aber nicht erlahmte seine Willenskraft, nicht sein Haß, nicht sein Rachedurst, wenn er wankte, wenn er ausglitt, wenn er niederstürzte, so griff er nach seinem Stutzen, und sein Blick klammerte sich an die Inschrift »Tod dem Antonio Paoli«, und er raffte sich auf, immer, immer wieder auf, und schleppte sich weiter – gehend, gleitend, auf allen Vieren kriechend – nur weiter, nur dem Feinde näher, nach dessen Blute er dürstete. So heiß war die Glut seiner Rache, daß alles Eis der Gletscher sie nicht zu dämpfen vermochte. Kein Seufzer kam über seine Lippen, kein banges Stöhnen entrang sich seiner Brust! Sein Drang nach Rache bezwang lange selbst seine Erschöpfung.

Aber Raphael Bandello war zuletzt nur ein Mensch, wenn auch ein gewaltiger und mächtiger Mensch.

Er stemmte sich gegen die Wut des Sturmes, und gegen den Grimm der Kälte, gegen die eisigen Schneemassen, die ihm Hände und Gesicht zerrissen.

Aber endlich mußte er doch unterliegen. Seine Glieder versagten ihm den Dienst – knirschend vor Grimm taumelte er zu Boden, ein Schrei, wild und gellend, schrillte durch das Heulen des Sturmes, und Raphael krümmte sich ohnmächtig auf dem Eise, das den Boden bedeckte.

Er raffte sich nicht wieder auf. Seine Sinne verließen ihn – aber mit der letzten Kraft, mit der letzten Anstrengung griff er nach seinem Stutzen und preßte ihn an seine Lippen.

»Ich sterbe«, murmelte er, »sterbe ohne Rache; aber, Guilielmo, nicht mein ist die Schuld!«

Noch einmal und wieder machte er eine krampfhafte Anstrengung, sich zu erheben. Den Stutzen hielt er fest in den erstarrten Händen. Plötzlich ein scharfes, kurzes Krachen – der Stutzen ging los – die Kugel, für Antonios Brust bestimmt, flog in die Weite. Raphael hörte den Knall nicht mehr. Mit dem letzten Zucken der Finger hatte er den Drücker berührt – der Schuß donnerte und weckte den Widerhall der hohen Felsen und Eiswände – aber Raphael lag starr und gebrochenen Auges am Boden, sein Antlitz war bleich, und das Herz, das so heiß nach Rache gedürstet, es pochte nicht mehr. Es war still, still, wie die weiße Decke, die der Schnee mitleidig über seinen Körper warf. –

Noch wenige Minuten, und der Sturm war vorüber. Der Nebel entschwand, die Schneemassen wirbelten in die tieferen Täler hinab, die düsteren Wolkenberge flatterten zerrissen in weite Fernen, und strahlend warf die Sonne aus der Bläue des Himmels ihr goldenes Licht über Berg und Tal.

Das tiefe Bellen eines Hundes wurde in der Ferne vernehmbar; gleich nachher ertönte es näher; die Nase am Boden kam sodann das schöne Geschöpf mit langem Haar und Schweif um die nächste Felsenwand, und ihm unmittelbar auf dem Fuße folgten die Mönche in der Tracht des Augustiner-Ordens. Ihre Kapuzen waren vom Schnee bedeckt, selbst in ihren Bärten hing Schnee und Eis, und ihr Aussehen zeugte von großer Erschöpfung.

»Du hast dich getäuscht, Bruder Antonio«, sagte einer von ihnen zu dem Mönche, der den beiden andern vorausschritt. »Was du für einen Schuß hieltest, war sicher nur das Krachen des Donners oder einer Lawine. Laß uns zurückkehren – deine Kraft ist erschöpft – schone dein Leben!«

Der Mönch Antonio schüttelte mit ernstem Lächeln das Haupt. »Mein Leben ist der Rettung Unglücklicher geweiht«, erwiderte er sanft. »Keine Anstrengung darf uns zu groß scheinen und keine Rücksicht auf uns selbst uns abhalten, diesem Ziele nachzustreben. Aber sieh, mein Bruder, ich täuschte mich nicht – der edle, treue Hund hat die Spur gefunden.« In der Tat blieb der Hund bei einer Schneewehe stehen, scharrte mit den Vorderfüßen den Schnee zur Seite und bellte heftig. Antonio trat rasch herzu, unterstützte die Bemühungen des Hundes und zog einen Ohnmächtigen aus seinem Schneegrabe hervor. Mit ihm ein Gewehr. Er nahm es in die Hand, warf einen Blick darauf und erblaßte. Er hatte die Schriftzüge auf dem Laufe gesehen und die Worte: »Tod dem Antonio Paoli« gelesen.

»Er ist es – es ist Raphael Bandello, und er ist gekommen, mich zu töten!« murmelte er. »Aber wie dem auch sei – mein Leben steht in Gottes Hand, und Raphael muß gerettet werden.«

Rasch leisteten die Mönche hilfreichen Beistand. Antonio kniete nieder neben dem verunglückten, legte dessen Haupt in seinen Schoß und nahm aus einem Kästchen, das einer der Gefährten ihm nun darbot, stärkende Essenzen. Liebevoll und eifrig war sein Vemühen um Raphael Bandello, seinen Todfeind. Raphael erwachte zu neuem Leben, seine Kraft kehrte zurück, stumm aber und düster folgte er den Mönchen in das Hospiz, ohne ihnen zu danken. Er hatte in Antonio, in seinem Retter, den Feind erkannt, den er haßte, und dem er den Tod geschworen mit heiligem Eide.

Die Mönche brachten ihn zur Ruhe. Er blieb allein. Erst am folgenden Tage trat ein verhüllter Mönch in seine Klause. Er schlug die Kapuze zurück. Raphael bebte zusammen: Antonio stand vor ihm.

»Raphael Bandello«, sagte der Mönch mit sanfter Stimme, »du bist gekommen, mich zu töten. Ich bin bereit, dein Opfer zu sein. Aber erst höre mich.«

Finster und den Blick niedergeschlagen nickte Raphael mit dem Kopfe, und Antonio fuhr fort:

»Ich bin der Mörder deines Bruders Guilielmo und somit der Blutrache verfallen. Aber ich schwöre dir bei Gott, zu dem ich meine reine Hand emporhebe, daß ihn das Verhängnis tötete und nicht mein Wille. Ich jagte am Strande. Ein Adler saß auf dem Felsen. Meine Kugel flog. Dein Bruder trat in demselben Augenblick hinter einer Felsenwand vor, und meine Kugel, dem Adler bestimmt, zerriß seine Brust und – mein Herz. Ich floh, denn ich durfte nicht hoffen, bei dir Glauben zu finden, selbst wenn ich dir die Wahrheit erzählte. Mein unglückliches Schicksal füllte mein Herz mit bitterer Betrübnis. Ich verließ die Welt, um Gott mein Leben zu weihen, denn die Welt hatte keine Freuden mehr für mich, an dessen Hand Blut klebte, wenn auch unschuldig vergossenes Blut. Sieh, Raphael Bandello, seit zwölf Jahren lebe ich in dieser Öde.

Seit zwölf Jahren ist kein Tag vergangen, an dem ich nicht heiße Gebete für die Seele deines Bruders zu Gott emporgesandt hätte. Seit zwölf Jahren habe ich Buße getan für meine unglückselige Tat. Seit zwölf Jahren habe ich tausendmal mein Leben auf das Spiel gesetzt, um Verunglückte zu retten wie dich. Seit zwölf Jahren ist mein Leben nur eine lange Buße, nur eine lange Aufopferung für die Menschen gewesen! Raphael Bandello, Bruder des gefallenen, nicht aber gemordeten Guilielmo, auch die letzte Tat meines Lebens soll sein, wie die Taten der vergangenen zwölf Jahre meiner Buße. Deine Rache ist gerecht – nimm mein Leben, ich opfere es deiner Rache! Aber, Raphael, im Tode vergiß! Im Tode verzeihe und bete für mich, der ich büßte!«

Lange, lange saß Raphael Bandello in tiefem Schweigen. Seine Brust arbeitete mächtig und seine Augen füllten sich mit Tränen.

»Antonio!« rief er endlich mit brechender Stimme und warf seine Arme um den Hals des Mönches und preßte den Überraschten an seine Brust – »Antonio, ich verfolgte dich mit Mordgedanken, und du rettetest mein Leben! Antonio, und du glaubst, ich könnte dich töten? Ich spreche dich frei von jeder Schuld! Leben um Leben, so lautet das heilige Gesetz der Blutrache! Meinem Bruder nahmst du das Leben, mir gabst du das meinige zurück. Der Schwur der Rache ist gelöst!«

In stummer Umarmung hielten sich die beiden Männer umfaßt. Lange, lange standen sie Brust an Brust, und ihre Tränen vermischten sich.

Raphael verließ das Hospiz des St. Bernhard nicht wieder, um in die Heimat zurückzukehren. Antonios Aufopferung hatte seinen Haß bezwungen. Er ward ein Mönch und weihte den Rest seines Lebens dem Wohle der Menschheit. In brüderlicher Freundschaft teilte er die Mühen Antonios; der ganze, volle und einzige Zweck ihres Daseins, es war kein anderer als Aufopferung.

W.O. von Horn

Eine Begebenheit aus den letzten Tagen der Franzosenherrschaft am Rheine

Als nach der Schlacht bei Hanau die Trümmer der Armee Napoleons sich bei Mainz über die Brücke drängten, konnte man Zeuge des Entsetzens sein, welches diese Menschen erfüllte. Jeder glaubte, die Kosaken seien ihm auf den Fersen, und erst jenseits des Rheines sei Sicherheit, man konnte Zeuge sein des bodenlosen Unwillens über Napoleons Flucht nach Paris, der seine Armee preisgegeben, um nur das eigene Leben zu retten. Da waren alle Pforten geöffnet, die des Herzens innerste Gedanken und Regungen bis jetzt hinter Schloß und Riegel gehalten, und in den gräßlichsten Verwünschungen machten sich die Herzen Luft, in denen der Haß gärte gegen den Würger, der rücksichtslos Hunderttausende seinem Ehrgeize und seiner Herrschsucht geopfert hatte.

Es währte bis tief in den Dezember des Jahres 1813 hinein, ehe die Rheinufer besetzt wurden. Und was war das für eine Besetzung? Kleine Abteilungen legte man in Städtchen und Dörfer, und diese wenigen Truppen bestanden aus allen Waffengattungen, bunt zusammengerafft und -gewürfelt, fast so viele Offiziere als Gemeine.

Auf ein Dorf der linken Rheinseite wurde in diesen Tagen eine Abteilung von hundert Soldaten gelegt. Das Dorf ist groß, wohlhabend, und Höfe und Mühlen gehören dazu, welche meist in einiger Entfernung von dem Dorfe liegen. Auf einem dieser Höfe wohnte eine sehr wackere, tüchtige Familie, deren Namen zu nennen ich Abstand nehmen muß, dessen Anfangsbuchstabe aber L. ist. Sie bestand aus vier Gliedern, den Eltern, welche noch ziemlich junge Leute waren, und zwei Kindern, einem Knaben und einem Mädchen, welche zwischen zwölf und fünfzehn Jahren standen. Wenn auch die Familie L. nicht zu den reichen gehörte und ihr Hofgut von allen umliegenden das kleinste war, so bekam sie dennoch, wie jeder Hof und jede Mühle, dieselbe Einquartierungslast, nämlich drei Mann. Diese waren ein Italiener, ein Wallone und ein Deutscher, und auch wie nach dem Vaterlande, so waren sie nach den Waffengattungen verschieden: Der Italiener war Chasseur à cheval, der Wallone Tirailleur und der Deutsche Sergeantmajor bei den

Grenadieren. Das waren Erscheinungen, die keiner Seele auffielen, weil sie eben alltäglich waren.

Als die drei sich dem Hofe näherten, bemerkten die Hofleute, daß der Sergeantmajor den Arm in der Binde trug. Herr L. ging ihnen bis zur Tür entgegen, um sie zu begrüßen. Er war kein Franzosenfreund, nichts weniger sogar, aber er sagte zu seiner Frau:»Wenn ich mich in die Lage des Soldaten denke, der, weil ein ungebetener, ein unwillkommener Gast ist, wohin er kommt, so drängt's mich, ihm dies Bittere durch freundlichen Willkommen zu versüßen.«

Sie lächelte und nickte ihm Beifall zu.

Die Leute traten ein. Der Italiener war ungemein geschmeidig, der Wallone derb, der Deutsche ernst und gehalten, ließ auch fürs erste nicht merken, daß er Deutscher war. Er sprach das Französische wie das Deutsche, denn seine Heimat lag drunten, wo die Ebene Belgiens sich zu den Dünen der Nordsee neigt, und wo, wenigstens bei guten Familien, beide Sprachen gesprochen werden und oft noch die dritte dazu, die alte, flämische.

Man wies den Gästen die Quartiere an. Die beiden Gemeinen hatten ein Gemach zu gleicher Erde und der Sergeantmajor das gerade darüberliegende des ersten Geschosses.

Die Mittagszeit war nahe.

Herr L. fragte den Sergeantmajor, ob er mit der Familie zu Tische sitzen wolle oder allein? Die beiden Gemeinen aßen mit dem Gesinde.

Sehr artig nahm der junge Mann das Anerbieten an, in der Familie sein Mittagbrot einzunehmen, und begleitete Herrn L. sogleich in das Wohnzimmer, welches zugleich das Speisezimmer war, wie es am Rheine in guten, bürgerlichen Familien noch Sitte ist, wohin der Luxus der Gegenwart noch nicht gedrungen ist.

Kaum war das Tischgebet gesprochen, als der Sergeantmajor die Hand seines Wirtes ergriff und sagte:

»Ich habe mich nach diesem Augenblicke sehr gesehnt! Ich bin Deutscher, aber ich habe Gründe, die beiden Soldaten dies nicht merken zu lassen. Seien Sie so gütig, uns jederzeit der französischen Sprache bedienen zu lassen, wenn wir ihre Nähe wissen, während die Muttersprache uns erquicke, wenn wir allein oder im Kreise Ihrer Familie sind.«

Obgleich Herr L. nicht recht einsah, was er damit beabsichtigte, so gestand man es doch gern zu, und der junge Mann öffnete nun sein Herz rücksichtslos. Er war in der Schlacht bei Hanau durch einen Streifschuß am Arme verwundet worden, allein erst gestern, am vierten Tage nachher, wurde er auf dem Marsche verbunden, weil zufällig ein Chirurg nahe war. Sein Herz entlud sich des wildesten Hasses gegen Napoleon mit einer Schonungslosigkeit, die Herrn L. Bedenken machte, der an die Ohren dachte, welche selbst in das Heiligtum der Familie hineinhorchten.

Er hielt sich befugt, seinen jungen Gast zu warnen.

Dieser legte die gesunde Hand auf Herrn L.s Arm und sagte: »Sie waren nicht mit in Rußland wie ich, sonst würden Sie mit mir sagen, von diesem Falle sei kein Auferstehen; Sie würden mit mir sagen, wo die Liebe und die Bewunderung der Armee für ihren Helden und Führer so zerrüttet ist, wie wir es sehen und erkennen, da hört alle Herrlichkeit der Erfolge auf; Sie würden endlich sagen: wo, so wie hier, alle sittlichen Bande zerrissen sind, da löst sich alles in einzelne Teile auf, und dies Reich, das Reich der Lüge und der Gewalt, muß zerfallen! – Sie sollten hören und gehört haben, was man auf der Flucht dem Kaiser und den Marschällen in die Ohren schrie! Nein, nein«, sagte er, es ist alles vorüber. Der Herr hat das Gericht begonnen!«

Der junge Mann hob nun an, Szenen aus dem russischen Kriege zu erzählen, da man sie damals am Rheine nicht kennen konnte, weil ja nur die Presse das brachte, was sie bringen durfte. – Und dafür war der Maßstab: die »Bulletins der großen Armee«! –

Die Familie L. hörte mit Schaudern diese Schilderungen einfacher Wahrheit, wie sie sich den Augenzeugen dargeboten hatten. In solcher Weise bildete sich bald ein vertraulicher Verkehr mit dem jungen Sergeantmajor, der immer inniger wurde. Herr L. heilte seine Wunde in kurzer Zeit mit einfachen Hausmitteln, wie vertraulich sich aber auch dies Verhältnis gestaltete, so beobachtete dennoch immer der junge Vilmorin, wie der Sergeantmajor hieß, da sein Vater Belgier gewesen war, jene grundsätzliche, förmliche Haltung und als Verkehrsmittel die französische Sprache, sobald er die Nähe der beiden Soldaten merkte.

Nur mittags und abends bei Tische schloß er sein Herz auf, und da hörten denn die Glieder der Familie L., daß Vilmorins Eltern ein sehr blühendes Hüttenwerk besaßen und er der einzige Sohn war. Sein Vater war, seit er in Spanien und dann in Rußland diente, gestorben; die Mutter hatte Himmel und Erde bewegt, wie man zu sagen pflegt, aber an ein Loskommen des Sohnes war gar nicht zu denken. Blicke, welche er Herrn L. in diese Verhältnisse tun ließ, verrieten, daß das Werk unter Leitung der Mutter nicht sonderlich gedieh, ja vielleicht gar dem Verderben nahe war. –

Wochen waren so hingegangen, und die Familie L. hatte den guten Vilmorin liebgewonnen.

Eines Tages kam er zu Tische und sagte: »Lieber Herr L., um Neujahr geht es zu Ende. An ein Verteidigen des linken Rheinufers denkt niemand. Wir ziehen uns zurück, und wahrscheinlich in den Grenzen des alten Frankreich wird Napeolon sich zu wehren beginnen, nämlich da, wo er der Bevölkerung vertrauen kann. Hier am Rhein traut er nicht und tut, von seiner Seite betrachtet, wohl daran. Wie es geht, weiß Gott! Nur das will ich Ihnen sagen: Vergelten Deutsche und Russen, was die Franzosen ihnen zugefügt, dann kann hier kein Stein auf dem andern bleiben. Verstecken Sie vor den Kosaken, was Sie Wertvolles haben, wer weiß, was die Franzosen beim Abmarsch tun?« Das waren Worte, die nicht verlorengingen.

Im Hofhause war nämlich ein sogenanntes »heimliches Gemach«, wie man am Rhein ein solches Versteck nennt, den das Auge auf den ersten Blick nicht entdecken kann. Es war durch eine Doppelwand gebildet, und der Erbauer des Hauses, der schwere Lebenserfahrungen gemacht haben mochte, stellte diese Wände feuerfest her. Zu entdecken war es nicht, wenn nicht Verrat geübt wurde. Auf sein Gesinde konnte sich L. verlassen und zog es auch dadurch in das Interesse, daß er dessen Habe mit in dem Verstecke zu bergen beschloß. Nur die zwei Soldaten waren ein Stein des Anstoßes, da Vilmorin selbst vor ihnen warnte.

Gerade in den letzten Tagen des Dezembers 1813 waren die Wälder des linken Rheinufers so überfüllt mit Deserteuren der französischen Armee, daß sie des Nachts zu zwanzigen und dreißigen in die

Dörfer kamen und Brot und Lebensmittel entweder kauften, wenn sie Geld hatten, oder bettelten. Es waren Deutsche aus den Rheinbundstaaten und Belgier und Holländer zumeist, wohl auch Franzosen. Man sprach laut von diesen Deserteuren, und niemand dachte daran, auf sie Jagd zu machen. Am Morgen des ersten Weihnachtstages fehlten, zu L.s nicht geringem Schrecken, die beiden Soldaten. Ihr Fenster war offen, und sie hatten alles mitgenommen, was sie besaßen. Voller Angst weckte er Vilmorin, der noch schlief. »Ha, sie sind desertiert!« rief er lachend. »Mögen sie glücklich ihre Heimat erreichen!«

»Aber ich bitte Sie, was soll das werden?« fragte L. in äußerster Besorgnis. Wird man mich nicht verantwortlich dafür machen?« – »Pah!« rief Vilmorin. »Es kräht kein Hahn nach ihnen. Zeigen Sie es nur an, wie ich es auch tun werde. Nun können Sie ohne Angst alles verstecken, und ich werde Ihnen redlich helfen.«

Des jungen Mannes Ruhe gab L. die verlorene zurück, die Anzeige wurde von beiden in dem Dorfe bei dem Kommandanten, einem Husarenoffizier ohne Roß, gemacht, und alles blieb ruhig, zumal da auch aus dem Dorfe fünf Soldaten desertiert waren, die ohne Zweifel mit den beiden im Bunde standen.

Kaum waren L. und Vilmorin auf dem Hofe wieder angelangt, als sie den Eingang des Verstecks wegräumten und zu verstecken begannen. Vilmorin kroch hinein und sagte:

»Da könnte man ja wochenlang weilen!«

Nach mühsamer Arbeit war alles vollendet.

Vilmorin aber war, seit die Soldaten weg waren, still und nachdenklich geworden.

Die Anzeichen, daß die Deutschen in der Neujahrsnacht über den Rhein gehen würden, mehrten sich.

Selbst die Proklamation Blüchers fand ihren Weg über den Rhein herüber und brachte Freude und Beruhigung. Die Franzosen schickten sich zum Abzuge an. Am dreißigsten, morgens, erhielt Vilmorin Befehl, sich abends 10 Uhr im Dorfe einzufinden.

———

Er trat mit dem Blatte in die Stube L.s und legte es in seine Hand. Der las es und sagte: »Also das ist das Ende vom Liede?« –

Vilmorin sprang auf und faßte L.s Hände und rief mit einer Träne im Auge: »Teurer Mann, retten Sie mich, einer alten Mutter einzige Stütze! Ich fühle es, wenn ich mit den Franzosen ziehe, so ist es mein Tod und der meiner guten Mutter!« –

L. erschrak. »Um Gottes willen, was muten Sie mir zu?« sagte er mit zitternder Stimme, deren Ausdruck aber verriet, wie gern er die Bitte erfüllen möchte. »Welche schrecklichen Folgen könnte es für mich haben?«

»Hat die Desertion der beiden Soldaten Folgen für sie gehabt?« fragte der junge Mann. Er schilderte nun die Lage seiner Mutter, die Gefahren, denen er entgegengehe, und immer stürmischer wurden seine Bitten. Er wies auf das heimliche Versteck hin, wo er tagelang weilen könne, bis alle Gefahr vorüber sein würde.

Lange widerstand L., aber sein Herz stand im Kampfe mit seinem Verstande, und – Vilmorin siegte. Er wurde mit dem sinkenden Abend unbemerkt vom Gesinde, das man entfernt hatte, in das Versteck gebracht mit allem, was er hatte, und mit Lebensmitteln versehen. Dann schloß sich die Öffnung über ihm, und keine Spur ließ sich von ihm entdecken.

Obgleich L. in sich eine gewisse Befriedigung fühlte, so verhehlte er sich dennoch nicht, daß er ein Unrecht begangen, und das Herz pochte heftiger. Die Nacht kam. Man legte sich vor zehn Uhr zu Bette.

Alles blieb ruhig, und eben wollte sich schon der Schlaf selbst auf die Augen L.'s senken, als ihn Pferdegetrappel und wilde Stimmen weckten. Schnell kleidete er sich an, zündete Licht an und eilte, den ungestüm Pochenden zu öffnen.

Es waren französische Reiter und an ihrer Spitze der Kommandant des Dorfes, sie hatten sich mit Bauernpferden beritten gemacht.

»Wo ist der Sergeantmajor Vilmorin?« rief mit drohender Gebärde der Husarenoffizier.

»Er hat um halb zehn Uhr Abschied von uns genommen«, sagte, allerdings etwas stockend, L. zu dem Offiziere, der ihn scharf ansah und seine Angst bemerkte.

»Aha!« rief er aus. »Ihr habt den beiden Soldaten durchgeholfen und jetzt Vilmorin versteckt, wir werden ihn finden! Allons!« rief er den ihn begleitenden Leuten zu, »laßt uns das Haus durchsuchen!«

Dies geschah mit wildem Ungestüm, aber dennoch mit der Schärfe der Aufmerksamkeit, die es verriet, daß diese Leute mit Entdecken versteckter Güter eine Gewandtheit besaßen, welche oft genug mochte zum Ziele geführt haben. Hier entdeckten sie nichts. Dennoch verschwanden Dinge, welche noch außerhalb des Versteckes waren, in den Taschen der nach Vilmorin Suchenden.

Als endlich das Haus vom Keller bis zur Giebelspitze untersucht war und nirgends eine Spur des Verschwundenen sich fand, ließ der Husarenoffizier L. binden, setzte ihn hinter einen seiner Reiter, und fort ging's im Galopp. Alles Flehen, Bitten, alle Tränen, alles Jammern der armen Frau und ihrer Kinder blieben wirkungslos.

Sie ließ schnell den Knecht anspannen, um nachzufahren und bei einem höheren Offizier die Freilassung ihres Gatten zu bewirken; aber als sie das Dorf erreichte, waren sie fort. Sie fuhr noch bis zur nächsten Stadt, allein sie mußte trostlos zu ihren Kindern zurückkehren, und nur im Gebete fand sie Trost. Keine Spur ihres Gatten war zu entdecken.

Die Lage des armen Weibes war wirklich entsetzlich. Sie hatte niemand, an den sie sich wenden, von dem sie Hilfe und Rettung ihres Gatten erwarten konnte, nur der eine treue Freund bedrängter Seelen blieb der Armen, und zu dem nahm sie ihre einzige Zuflucht.

An Vilmorin dachte sie in den ersten Tagen nicht. Er war wohlversorgt, aber er hatte das Lärmen der Suchenden wohl vernommen; dann den Jammer; dann wieder die Stille! Seine Einbildungskraft reihte entsetzliche Bilder aneinander in seiner Einsamkeit und Dunkelheit. Endlich ertrug er's nicht länger. Er klopfte immer heftiger, bis endlich der Schrank, der die Öffnung verdeckte, weggerückt und die verborgene Tür geöffnet wurde. Was er zuerst erblickte, war das bleiche, kummervolle Antlitz der einst so blühenden Frau. Und wenige Tage hatten diese Änderung hervorgebracht!

Seinen dringenden Fragen folgte die erschütternde Erzählung des Hergangs.

Vilmorin sank in einen Stuhl und bedeckte seine Augen mit seinen Händen. Er war keines Wortes mächtig.

Endlich erhob er sich. In ihm hatte sich ein Plan gebildet. Er wollte, er mußte der Gattin den Gatten, den Kindern den Vater wieder zuführen, koste es auch Freiheit und Leben.

»Geben sie mir Kleider von Ihrem Gatten!« bat er dringend. »Er ist von meiner Größe und Gestalt. Ich eile ihm nach und bringe ihn zurück!«

Schon nach einer Stunde war er fort. Die Deutschen waren bereits Herren des Landes. Niemand achtete auf ihn. So kam er bis Zweibrücken, wohin die Truppen ihre Richtung genommen, zu denen er gehört hatte.

Nirgends aber wollte es ihm glücken, eine Spur von L. zu entdecken. Erst in Hornbach bei Zweibrücken fand er die erste dunkle Nachricht. Man sagte ihm, daß ein zusammengewürfeltes Detachement einen Gefangenen mit sich geführt habe.

In Zweibrücken machte er bei dem Kommandanten der Verbündeten seine Anzeige. Dieser stellte Nachforschungen an, und es ergab sich, daß L. hier den Franzosen glücklich entsprungen war. Die Nachrichten waren sicher. Vilmorin kehrte zurück, und in der Stadt, welche dem Hofe L.s auf anderthalb Stunden nahe lag, vernahm er, daß L. glücklich bei den Seinen angelangt war. Er schrieb an seine Retter einen Brief voll Dankes und sagte ihnen, die Sehnsucht treibe ihn nun zu der Mutter, die ihn vielleicht als tot beweine.

L. hatte viel leiden müssen auf seinem Zuge. Mehrmals wollte man ihn erschießen, aber dann wußte es doch der Husarenoffizier wieder zu hintertreiben, der ihn gefangengenommen hatte. Er war es, der ihm, vielleicht seine rasche Tat bereuend, in Zweibrücken Gelegenheit gab, zu entfliehen. Von nun an störte nichts mehr die Ruhe der Familie. Die Durchzüge der Verbündeten berührten sie nur in geringem Maße, und bald kehrte der geordnete Zustand des Landes zurück; aber leider wollten L.s Geschäfte nicht glücken. Unglücksfälle mancher Art suchten ihn heim, und nach sechs Jahren war er auf den Hefen. Seine Gläubiger erkannten indessen, daß, wenn sie ihn als Pächter auf seinem Hofe ließen, sie weniger verlieren, als wenn sie eine Versteigerung des Hofes einleiteten. Sie kamen daher auf dem Hofe zusammen und einigten sich, und L. blieb als Pächter auf seinem Eigentum. Kummer und Sorge lag auf dem Herzen; denn es war nicht L.s Schuld, daß es so gekommen war. Mit Schulden hatte er den Hof übernommen, und Unglücksfälle drückten ihn in den Staub.

Je weniger er eine Rettung aus dieser Lage sah, desto düsterer und unglücklicher wurde er.

Von Vilmorin hatten sie nichts mehr gehört.

»Es ist so der Gang der Welt«, sagte oft L. zu seiner Frau, wenn sie von ihm sprachen, »daß man die vergißt, die einem wohlgetan!« –

Indessen taten sie mit diesem Urteile dem jungen Manne unrecht. Er kam heim und fand seine Mutter gefährlich krank, und der Kummer um ihn war der Grund ihres Leidens. Erst nach langer Zeit erholte sie sich wieder. Das Hüttenwerk war in heillosem Verfall. Ein treuloser Faktor verwaltete es und sorgte für sich, nicht aber für die, deren Geschäfte er zu betreiben sich verpflichtet hatte. Er wurde reich, die Witwe arm, und sein Streben ging offenbar darauf hinaus, das Werk, wenn, wie er hoffte, der Sohn nicht mehr zurückkehren würde, an sich zu bringen.

Mit Schrecken nahm er daher die Rückkehr dieses gefürchteten Sohnes wahr, und eines schönen Morgens war er mit der Kasse verschwunden. Vilmorin sah mit Entsetzen die Verwirrung in den Geschäften, die Verluste, die ihm der Treulose zugefügt. Er stand am Rande des Bankrotts. Der Mutter durfte er die Sachlage nicht entdecken; sie war kaum aus der größten Lebensgefahr.

In Lüttich lebte ein Freund seines seligen Vaters, ein reicher Mann; zu diesem eilte er, legte ihm die Bücher vor und bat um Hilfe. Der wackere Mann prüfte die Bücher und reiste dann mit Vilmorin auf das Hüttenwerk, sah alles genau an, fand die Pläne des jungen Mannes gut und schoß das Geld, welches Vilmorin rettete, vor; aber nun mußte er sich mit ganzer Kraft in die Geschäfte werfen. Er tat's und sah seinen Fleiß, seine Tätigkeit mit Erfolg belohnt. Es war ihm ein wahres Freudenfest, als er dem wackeren Manne die erste Rückzahlung machen konnte. Damals lernte er erst dessen Familie kennen, die in jenem Sommer, wo er seine Zuflucht zu ihm genommen, auf dem Lande bei Chaudfontein lebte. Die jüngste Tochter gewann sein Herz, und nach einem Jahre führte er sie heim. Das geliehene Kapital war ihre Morgengabe. Jetzt war er gerettet und zugleich ein glücklicher Gatte.

Wohl dachte er vieltausendmal seiner Retter; allein in der ersten Zeit, wo das Leid an der Mutter Krankheit und des Geschäftes Ruin auf ihm lag, kam er nicht zum Schreiben, und – es ist ja eine Erfahrung, die sich hundertmal wiederholt, daß das einmalige Aufschieben vielmaliges im Gefolge hat. Jahre gingen hin. Einst saß er bei seiner Mutter und seiner Gattin und erzählte jene Begebenheit aus seinem Leben.

Da fragte ihn die junge Frau, ob er denn auch seiner Retter eingedenk, mit ihnen in Verbindung geblieben sei?

Er mußte sein Unrecht bekennen, und mit Recht überhäuften ihn beide Frauen mit Vorwürfen. Von da an stand es in seiner Seele fest, daß er selbst zu ihnen reisen würde, und als die schönen Herbsttage kamen, trat er mit seiner liebenswürdigen Frau die Reise an.

In der Stadt, nahe dem Hofe, kamen sie abends spät an. In Vilmorins Herzen war die lebhafteste Unruhe. Er rastete nicht, bis er von dem Wirte selbst Nachricht erlangen konnte. Dieser war selbst einer der Gläubiger L.s, ein rechtlicher Mann, der ihn stets bemitleidet hatte.

Er erzählte Vilmorin die Lage des unglücklichen Mannes. Auf beide Ehegatten machte diese Erzählung einen tiefen Eindruck.

»Wäre denn dem Manne nicht zu helfen?« fragte die junge, mitleidsvolle Frau ihren Gatten. »Er hat dir Leben und Glück gerettet, er hat für dich gelitten und geduldet. Lieber Vilmorin«, rief sie weinend aus, »laß uns ein Opfer bringen, um die Familie zu retten! Gott lohnet es uns gewiß!«

Vilmorin drückte das edle Weib an seine Brust und schwieg; aber seine Seele arbeitete viel, und am Morgen ließ er den Wirt wieder rufen und hatte eine lange Unterredung mit ihm. Die übrigen Gläubiger wohnten alle in der Stadt. Vilmorin hielt mehrere Besprechungen mit ihnen, dann gingen sie zu dem Notar und erst spät abends kehrte er mit leuchtenden Augen zu seiner ungeduldig harrenden Gattin zurück.

»Nun ist L.s Schuld auf mich übertragen«, sagte Vilmorin.

»Und du?« fragte das schöne Weib, nicht ohne tiefe Bewegung.

»Ich tue nichts«, sagte er. »Du sollst handeln, Eugenie!« Er legte eine Urkunde auf ihren Schoß.

»Oh, ich weiß schon!« rief sie mit Tränen der Freude im Blicke; »ich soll ihm die Urkunde schenken? Nicht so?« –

»Handle, wie dich dein Herz lehrt«, sagte Vilmorin bewegt.

Am andern Morgen fuhren sie auf den Hof.

Wie war es da anders geworden! Ärmlich war alles, aber reinlich und nett. Frau L., in einem einfachen Kleide, stand arbeitend im Garten, als die Fremden eintraten. Sie erkannte Vilmorin nicht. Ihr Gatte war mit seinem Sohne auf dem Felde beschäftigt.

Frau L. führte die Fremden in das Haus, wo ihre Tochter, ein blühend schönes Mädchen, ebenso einfach und ärmlich gekleidet wie die Mutter, sie empfing.

Vilmorin hatte sich lange gehalten, aber als er in die Stube trat, war er seiner nicht mehr mächtig. Er faßte Frau L.s Hände und rief aus: »Kennen sie denn Vilmorin nicht mehr, den sie einst mit so schweren Opfern retteten?« –

Frau L. sah ihn lange an. Als sie aber die Tränen in seinen Augen sah, rang sich ein Schrei aus ihrer Brust.

»Also doch nicht vergessen!« rief sie aus.

»O mein Gott, wie fällt dies Wort auf mein Herz!« rief Vilmorin aus. »Ja, sie mußten mich für einen Undankbaren halten. Ich verschuldete es!«

Da fiel Vilmorins Gattin ihr um den Hals und sagte weinend: »Er hat Schweres erduldet, vergeben sie ihm! Vergessen hat er sie nie.«

Es war eine ergreifende Szene, die drei Personen in innigster Rührung zu sehen.

In diesem Augenblick ging die Tür auf.

L. stand in der Tür, im Gewande der Bauern dieser Gegend. Er sah Vilmorin an und rief, die Arme ausbreitend: »Lieber Vilmorin!«

Und die Männer lagen Brust an Brust.

Drei Tage blieben Vilmorin und seine treffliche Gattin auf dem Hofe, und es waren Tage einer seligen Freude.

Wie viel hatten sie sich zu erzählen!

Erst als sie schieden, legte Frau Vilmorin die Schenkungsurkunde in die Hände der Frau L., die nicht begriff, was das sein sollte. Als sie aber heimkehrten von der Begleitung der teuren Freunde und L. das Papier entfaltete und las, da faltete er seine Hände und saß da wie ein Steinbild.

Was ist's denn? fragte angstvoll seine Gattin.

»Der Hof ist unser Eigentum wieder!« sagte mit wankender Stimme der Gatte. »Der edle Vilmorin hat alle Schulden befriedigt und dir die Schenkungsurkunde gegeben!«

Da kehrte eine Freude ein im Kreise der Familie, wie sie seit langen Jahren nicht eingekehrt war, und tausend Segnungen folgten den Geschiedenen.

L. blieb in seinen bescheidenen Verhältnissen, aber sein Wohlstand blühte immer frischer auf. Seine Tochter heiratete einen Gutsbesitzer aus der Nähe, sein Sohn blieb auf dem Hofe, und ein frohes Alter war der Eltern Erbe.

Über tredition

Eigenes Buch veröffentlichen

tredition wurde 2006 in Hamburg gegründet und hat seither mehrere tausend Buchtitel veröffentlicht. Autoren veröffentlichen in wenigen leichten Schritten gedruckte Bücher, e-Books und audio-Books. tredition hat das Ziel, die beste und fairste Veröffentlichungsmöglichkeit für Autoren zu bieten.

tredition wurde mit der Erkenntnis gegründet, dass nur etwa jedes 200. bei Verlagen eingereichte Manuskript veröffentlicht wird. Dabei hat jedes Buch seinen Markt, also seine Leser. tredition sorgt dafür, dass für jedes Buch die Leserschaft auch erreicht wird.

Im einzigartigen Literatur-Netzwerk von tredition bieten zahlreiche Literatur-Partner (das sind Lektoren, Übersetzer, Hörbuchsprecher und Illustratoren) ihre Dienstleistung an, um Manuskripte zu verbessern oder die Vielfalt zu erhöhen. Autoren vereinbaren direkt mit den Literatur-Partnern die Konditionen ihrer Zusammenarbeit und partizipieren gemeinsam am Erfolg des Buches.

Das gesamte Verlagsprogramm von tredition ist bei allen stationären Buchhandlungen und Online-Buchhändlern wie z. B. Amazon erhältlich. e-Books stehen bei den führenden Online-Portalen (z. B. iBookstore von Apple oder Kindle von Amazon) zum Verkauf.

Einfach leicht ein Buch veröffentlichen: **www.tredition.de**

Eigene Buchreihe oder eigenen Verlag gründen

Seit 2009 bietet tredition sein Verlagskonzept auch als sogenanntes "White-Label" an. Das bedeutet, dass andere Unternehmen, Institutionen und Personen risikofrei und unkompliziert selbst zum Herausgeber von Büchern und Buchreihen unter eigener Marke werden können. tredition übernimmt dabei das komplette Herstellungs- und Distributionsrisiko.

Zahlreiche Zeitschriften-, Zeitungs- und Buchverlage, Universitäten, Forschungseinrichtungen u.v.m. nutzen diese Dienstleistung von tredition, um unter eigener Marke ohne Risiko Bücher zu verlegen.

Alle Informationen im Internet: **www.tredition.de/fuer-verlage**

tredition wurde mit mehreren Innovationspreisen ausgezeichnet, u. a. mit dem Webfuture Award und dem Innovationspreis der Buch Digitale.

tredition ist Mitglied im Börsenverein des Deutschen Buchhandels.

Dieses Werk elektronisch lesen

Dieses Werk ist Teil der Gutenberg-DE Edition DVD. Diese enthält das komplette Archiv des Projekt Gutenberg-DE. Die DVD ist im Internet erhältlich auf **http://gutenbergshop.abc.de**